U0551725
02
左夜 ◎著
御火成仙

CONTENTS

目錄

第一章 切磋 005

第二章 毀屍滅跡 025

第三章 煉器 045

第四章 兇手 063

第五章 煉氣巔峰 083

第六章 消息 101

第七章 屠之問 119

第八章 邪靈 137

第九章 靈火 155

第十章 百兵訣 173

第一章
切磋

年夜飯，是葉御此生最豐盛的一次盛宴，許多菜肴根本不知名，甚至不知道使用什麼食材，吃下去不僅僅是唇齒留香，而且還有熱流湧入氣海，大補的食材，這是輔助修行的特殊食物。

沒見過世面，不代表吃相難看，葉御淡定坐在石青靈的下首，一口飯一口菜，吃得穩當。

沒喝酒，葉御沒喝過酒，也不想貿然喝酒導致醉倒。

寒遠他們來自同一個宗門，葉御是野生的散修。

三碗飯，葉御起身說道：「我吃飽了，諸位前輩慢用。」

寒遠微笑頷首，說道：「新年了，適當休息，不要繼續用功了。」

葉御說道：「是，韓叔。」

走出餐廳，聽到另一個青年男子說道：「師叔，他到底是什麼根腳？看著很囂張的樣子。」

寒遠說道：「玉散人是散修，千尋密會不問出身來歷，戰鬥的時候表現驚豔，而且為人老實可靠，這就足夠了。青禾師侄，疑人不用，用人不疑，這個道理要懂。」

伏波說道：「聽到沒有？你師叔在指點你如何做人。」

寒遠舉杯說道：「不過是常年在外經營千尋密會，個人的感悟而已，有師兄在，哪有小弟多嘴的道理？我自罰一杯。」

葉御的腳步沒有停頓，保持著固定的節奏走向自己居住的客房，有伏波師徒在，寒遠隱晦提醒別修煉，免得動靜太大。

葉御躺在床頭，拿出《鐵煉真經》慢慢翻閱，《御火真經》就算了，祖傳的秘笈，要從葉御這個家族的始祖開始傳承下去，絕不能暴露出來。

打通的穴道，可以承受灌注真氣的手掌拍打，按照鐵煉真經的說法，全身至少打通三百個穴道，才算是大成。

保守了吧？十二正經牽扯到三百零九個穴道，那指的是單側，人體對稱，也就是說十二正經涉及到六百一十八個穴道。

鐵煉真經的終極目標是不是太低了？三百個穴道就算大成？全部的穴道打通呢？那算是什麼？

野生的散修，根本不知道不同的秘法涉及到的穴道也不相同，同樣是十二正經作為煉氣期的十二道關口，但是不同秘法有不同的要求，而不是打通全身的所有穴道。

煉氣艱難，有足夠的天地靈氣，正常來說數日才能打通一個穴道，這就有了所謂的速成法，那就是跳過不重要的穴道。

沒人規定一條江河必須擁有多少個湖泊，沒有也可以，最多就是修行到更高的境界導致後勁不足。

如果寒遠知道葉御竟然是要打通全身的六百一十八個穴道，他必然會改變想法，煉氣期打通六百一十八個穴道，那是頂尖的根本法。

《御火真經》不涉及到根本的修行，葉御是自己瞎琢磨，打通十二正經必然要打通相關的穴道，野生的散修無形中給自己定下了難度最高的煉氣門檻。

不能修行，漫漫長夜如何渡過？葉御起身，在黑暗中開始練習十八路鷹爪手，火焰刀初步入門，每一次施展火焰刀耗費的真氣很多，鷹爪手可以利用指尖攻擊敵人，這樣會不會很節省真氣？葉御不知道自己肝臟潛伏的是生生不息的靈火，他唯恐某一天肝臟的灼熱氣流消失，那個時候咋辦？

從小過苦日子的葉御，學會了精打細算，修行也應該如此，有錢的日子也得當沒錢日子過，況且說不準肝臟的小金庫什麼時候花光了。

默默回憶張克的指點，一百兩銀子的拜師費呢，張克傳授得很盡心，只是後面幾招因為伏波師徒到來被打擾。

夜色中逐漸響起五指凌風的聲音，最初還有些沉悶，寒遠與墨韻站在院子中，聽到葉御的房間裡面爪風越來越凌厲尖銳。

墨韻傳音說道：「天賦與悟性皆上品。」

寒遠傳音說道：「世俗的武功對他來說應該很簡單，他學習飛鳥劍訣和研習祖傳的火焰刀才驚豔，堪稱一日千里。」

黑暗的房間裡傳來火光，寒遠克制住了趴窗戶偷窺的念頭，修行出來的真氣融入世俗的鷹爪手中，這不是天才是什麼？

客房中葉御雙手五指成鷹爪，五指的指尖熾烈的真火攢動，隨著十八路鷹爪手的施展，幽暗的房間裡出現了一道道火線。

墨韻終於沒忍住，傳音說道：「收斂真氣，藏而不漏。」

葉御聽到墨韻的聲音在自己耳中響起，他停下來，舉起右手看著指尖噴發出來的火系真氣。

收斂真氣，藏而不漏？葉御琢磨良久，院子中寒遠與墨韻靜靜等待，午夜已過，就在墨韻認為難住了葉御的時候，鷹爪破風的聲音響起。

聲音輕快而尖銳，原本從窗戶紙透出來的粗壯火線也變得纖細起來，寒遠和墨韻對視，這麼快就領悟了？

當火光徹底消失，葉御的左手五指扣在桌面上，收斂在指尖的火系真氣迸發，硬木桌子直接出現了五個纖細的小洞，直接貫穿了木板。

寒遠傳音說道：「當著外人，不要展現自己的天賦，夜深了，休息，明天記得給我們夫婦拜年。」

葉御沉默躬身，大年初一拜年，這是當作了子侄輩對待。

當小村中的爆竹聲響起，葉御起身走出來。

家裡的下人已經列隊給寒遠夫婦拜年，看到葉御走出來，寒遠取出四個五十兩的銀錠說道：「張克，小少爺喜歡你的鷹爪手，你傳授的時候盡心了。給你兩百兩銀子，一百兩銀子是拜師禮，另外一百兩是讓你給小少爺當陪練。」

張克狂喜，原本認為一百兩銀子就足夠了，傳授鷹爪手之外自然要當免費的陪練，沒想到主人慷慨，直接倍增。

謝護院眼熱，寒遠拿起另外四個銀錠說道：「破風刀也教給他，他喜歡這些江湖把式，那就讓他過一個快樂的新年。」

葉御雙膝跪下去，寒遠說道：「學海無涯，今日我給你起一個表字，無涯。」

葉御的腦門磕在地上，賜字，這是對晚輩的關愛；賜字，也就意味著寒遠願意庇護葉御。

墨韻說道：「去吧，跟著兩位護院師父去後山練習，別忘了回來吃飯。」

在滿臉笑容的兩個護院陪伴下，來到了積雪的後山叢林，張克矜持咳嗽一聲說道：「小少爺，你記住了幾招？」

葉御說道：「十三路，第十四路有些把握不准。」

張克呵呵笑道：「先演示一下。」

葉御把袖子裡的短柄斧放在地上，雙手成爪帶著呼嘯聲出擊。

張克和謝護院原本以為葉御在吹牛，大過年的，況且這是主人的子侄，吹牛也不能戳穿。

當葉御的鷹爪手開始施展，張克的眼珠子要凸出來了，你這是記住了？你這是登堂入室好不好？

葉御出手的速度與角度極為精准，掀起來的尖銳呼嘯聲瞞不過人，十三路鷹爪手施展完畢，葉御說道：「剩下的幾招，需要張師父繼續展示。」

謝護院握住刀柄，我去，昨天還沒學完，今天就施展出十三路鷹爪手，以前學過吧？否則他怎麼可能記住？

張克從頭開始施展十八路鷹爪手，葉御目不轉睛盯著，張克還沒問葉御看清楚沒有，葉御已經從第十四路鷹爪手開始施展。

張克已經無語，你肯定學過類似的爪法，肯定的。

葉御掌握了剩下的五路爪法，從頭開始施展完整的十八路鷹爪手。

張克果斷放棄詢問葉御是否學過類似爪法的念頭，而是擺開架勢說道：「小少爺，切磋一下，我不會用力，你可以全力出手，必須有人對練，才能更好掌握其中的精髓。」

葉御露出笑容，全力出手？我怕你扛不住啊。

葉御五指成爪對著張克的咽喉抓去，張克喝道：「出手的意圖太明顯，虛虛實實，真真假假。」

張克扣住葉御的手腕，葉御左手對著張克的腋下抓去，張克大聲讚道：「鷹爪手必須雙手分頭攻擊，真假虛實變換自如，呃！」

葉御右手反扣張克的手腕，左手靈動磕開張克的手，直接點在張克的腋下，張克漲紅臉，葉御後退兩步說道：「張師父，請。」

葉御根本沒敢用力，唯恐一爪把張克給抓死，不用力，完全用招式切磋，張克收起了輕視的念頭，真正把葉御當作勁敵來對待。

雪地被你來我往的張克和葉御踐踏成泥漿，張克越打越心慌，小少爺肯定是練家子，雖然看起來細皮嫩肉，他絕對戰鬥經驗豐富。

謝護院喉結蠕動，他怎麼也不敢相信小少爺昨天學習的十八路鷹爪手，今天就能夠和張克打得不可開交。

這個世上真的有天才？不能啊，學武是要流血流汗，天天堅持不輟才能有所成就，幾乎是看一遍就能學會？我們苦苦練習數十年情何以堪？

張克更加難受，他的手與葉御的手臂碰撞，能夠清楚感知到葉御的手臂如同鋼鐵鑄就，這說明葉御根本沒用力，否則張克根本承受不起，讓葉御全力以赴，成為一句笑談了。

學是學會了，數量程度不夠，因為有了張克餵招，葉御出手越來越靈動，越來越刁鑽。

張克的步伐進退有序，這是沒有傳給葉御的步法，葉御在與張克飛速見招拆招中，不斷記憶張克腳步變化規律。

說的是學習十八路鷹爪手，就不傳授步法？沒勁了，差錢還是差別的？真當我看不出來？

右爪衝開張克的攔截，在張克喉嚨處輕觸即收，葉御說道：「張師父辛苦了。」

張克的腦門已經見汗，昨天才接觸十八路鷹爪手的葉御出手如同水銀瀉地，張克這個老江湖也擋不住了。

葉御轉身看著謝護院說道：「謝師父的刀法，我想見識。」

謝護院抽出燕翎刀，刀背架在屈起的左臂上說道：「破風刀只有殺招，沒有任何防禦的招式。小少爺看好，單刀看手，雙刀看走。」

雪亮的燕翎刀化作了瀲灩的刀光，葉御隨著寒遠來到此地的時候，謝護院提著單刀出現，而沒見到張克，或許是謝護院輪值守夜，或許是張克睡得太死沒有警覺性。

燕翎刀帶著破風聲，連綿不絕斬出，刀光森森，寒氣逼人。葉御凌空虛抓，短柄斧飛到了葉御手中，看熱鬧的張克夾緊雙腿。

這柄斧子怎麼自動回到了小少爺手中？這簡直就是神乎其技，難道小少爺也是修道人？

寒遠夫婦隱居在此，雖然雇傭了兩個護院，隨著接觸，張克和謝護院已經察覺到主人夫婦身份非同小可，極有可能是傳說中的修道人。

謝護院停下來的時候，葉御揮舞短柄斧開始施展破風刀法，謝護院長刀入鞘，眼神有些崩潰的看著用短柄斧施展刀法的葉御。

學會了十八路鷹爪手，可以說是小少爺早就學過類似的爪功，用一柄斧子施展出破風刀法如何解釋？

謝護院說單刀看手，卻沒有遮掩他的配套步法，葉御人隨斧走，越走越遠，逐漸在沒有任何痕跡的雪地上留下了圓形的腳印。

當一柄飛劍猝然從遠方飛來，葉御眼中寒光閃過，橫向劈出的短柄斧刃燃起烈焰，對著飛劍斬落下去。

短柄斧能夠承載真氣，本身已經超出了所有人的預料，而葉御出手之精准更是匪夷所思。

襲來的飛劍直接被斬斷，遠方一個男子傳來悶哼聲，葉御左手掐劍訣喝道：

「是誰在偷襲？」

偏僻的小山村，有兩個世俗的武學高手護院，更有寒遠他們這些來自同一個宗門的修士，葉御用腳趾頭也能猜到是青器或者青禾，別人不會做出這種無恥的事情。

飛劍的劍氣波動，旋即傳來葉御的喝聲，下一刻寒遠他們連袂從小院飛過來，面紅耳赤的青器在一棵大樹後走出來，他的飛劍被葉御用斧子給斬斷了。

伏波一巴掌抽在青器臉上，廢物，偷襲還能被斬斷飛劍。

寒遠說道：「就算是切磋，也不應該偷襲，青器師侄過分了。」

青器說道：「師叔，弟子出手前已經打過招呼。」

葉御把短柄斧收入袖子中，寒遠目光投向張克和謝護院，張克說道：「主人，我沒聽到。」

謝護院說道：「屬下只看到了劍光襲來，小少爺臨時變招倉促斬斷了飛劍，萬幸小少爺反應快，否則……」

謝護院說不下去了，否則飛劍襲來，葉御就要身首異處了，這種話不能亂講，否則惹惱了老神仙，被殺了沒處講理去。

墨韻說道：「玉散人，除夕夜過去了，你去千尋密會所在地，在那裡查看是否有人窺視。」

得罪了青器，雖然青器被伏波抽了一耳光，但是伏波心眼小，難免記恨葉御，墨韻覺得讓葉御先離開比較好，讓雙方冷靜下。

葉御躬身行禮，寒遠說道：「也好，隨身物品攜帶著？」

葉御說道：「全放在儲物袋中，韓叔，阿姨，青靈師姐，我先告辭了。」

葉御轉回身，對兩個護院稽手頷首，邁開大步頭也不回走向遠方，寒遠說道：「一路向北，不要走錯方向。」

葉御舉手揮了揮，青器握拳看著被斬斷的飛劍，他的飛劍來之不易，而且材質極佳，卻被一把斧頭給斬斷了。

看到葉御走遠，青器說道：「玉散人的斧頭有問題，絕對是法器，甚至有可能是法寶。」

墨韻冷淡說道：「這是我們在千尋密會培養的心腹，有些小心思別動。」

葉御走出了十幾里路，來到了一個獵人和採藥人踩出來的小路，葉御施展錨定長行，向著另一個方向遁去。

寒遠特地提醒一路向北，那是指點方向，可沒告訴葉御一定要傻乎乎直接奔著北方前行，萬一伏波那個老頭子追上來呢？這種事情可說不好。

除夕夜是殺戮之夜，白雪覆蓋的礦場被鮮血染紅，十幾個穿著土崛宗道袍的人站在一起，面對著一艘龐大的飛舟。

三十幾個闕月門的築基期道人排成一列，飛舟中一個懶散的女子聲音響起道：「大正門也不過如此，想偷吃還怕挨揍，註定了沒有出息。」

一個不苟言笑的修道人說道：「師叔坐鎮，大正門的土雞瓦狗根本不堪一擊。土崛宗主，聽說你們以前希望左右逢源，和我們闕月門做生意的同時，還與大正門眉來眼去。」

一個中年人撩起道袍跪在血雪混雜的大地上說道：「土崛宗無才無德，僥倖佔據礦場謀求蠅頭小利，礦場既然出現了上古洞府，自然不是我土崛宗所能佔據。土崛宗全體門人，願攜帶礦場一起投靠闕月門，懇請收納。」

飛舟中的女子發出輕笑聲說道：「這倒是個不錯的解決辦法，否則世人還以為我闕月門蠻橫霸道呢，遠智，你帶人接受礦場。既然有礦工僥倖挖出地宮，那麼有沒有礦工也有類似的收穫，卻秘而不宣呢？」

被稱為遠智的道人說道：「土崛宗對礦場疏於管理，否則盧鵬就不會死裡逃生，把消息帶給大正門，諸位師弟監督土崛宗的修士，逐個礦洞的檢查，絕不能出現疏忽。」

闕月門來了三十幾給築基期的修道人，對於這個地處偏遠的礦場來說，絕對是碾壓般的存在。再加上土崛宗的幾個修道人和煉氣士迅速在一個個礦洞開始仔細檢查，飛舟中那個心狠手辣的女子坐鎮，誰敢疏忽大意，想死也難。

礦場原本有數百個礦工各自選擇一個礦洞挖掘赤火銅礦石，這數十個修道人聯手，迅速在一個個礦洞出沒。

一個修道人搜尋了三個礦洞後，來到了葉御挖出來的礦洞，葉御用碎石遮掩了挖出來的地洞，瞞過護礦隊的人還行，面對心思縝密的修道人，遮掩手法太拙劣。

這個修道人最初沒在意，他的飛劍對著碎石遮掩的地方斬落，碎石坍塌，然後露出了幽暗的縫隙。

修道人喝道：「此地有異常。」

涉及到神秘的地宮，這個修道人沒有貪功，而是第一時間發出了警報，很快遠智帶著幾個人飛過來。

遠智蹲在暴露出來的裂縫處，下一刻他袖子裡迸發出狂風，把堵塞洞口的碎石掀飛，然後一團火焰飛入其中。

看到了坍塌在石臺上的骸骨，遠智喝道：「師叔，這裡有一具坍塌的骸骨，沒有看到衣衫，應該是哪個礦工發現了上古遺寶潛逃。」

賀師兄站在土崛宗主的身後，囁嚅說道：「師父，礦場發現地下宮闕的時候，有一個人殺死了六師弟，但是弟子追殺的時候沒找到這個人。」

土崛宗主揉著太陽穴，這麼重要的消息你為何不對我說？墨色光芒閃爍，一個帶著面紗的黑袍女子盯著賀師兄說道：「事後檢查屍體，發現缺少了誰？」

賀師兄說道：「監工老盧，除此之外護礦隊的人和另外兩個監工全死了，至於礦工死沒死乾淨，不確定。」

黑袍女子閃爍出現在礦洞中，她直接飛劍開路，飛到了葉御發現遺骸的地洞中。

蹲在坍塌的骸骨前檢查片刻，黑袍女子說道：「應該是某個走運的礦工挖穿了上古大能的藏身之地，然後攜帶寶物潛逃，能夠在得到寶物不久就能殺死土崛宗的煉氣士，顯然此寶非同小可。」

「骸骨中有強烈的火系真元殘留，逃走的礦工應該也掌握了火系的秘法，甚至是得到了衣缽傳承，土崛宗全是廢物。遠智，你派人搜尋蹤跡，聽說附近幾百里有一個名為千尋密會的地方，著重調查那裡的動向，若是有不知根腳的火系散修出現，極有可能就是他。」

僅憑蛛絲馬跡就精準判斷出葉御得到了火系傳承，黑袍女子的智力超卓，不要說個人實力，就憑這份精准的判斷能力，就不可能是池中之物。

黑袍女子走出礦洞，看著土崛宗的眾人說道：「以礦場為圓心，帶著報警的靈符分頭警戒，這種小事也做不好，活著就沒有價值了。」

十幾張靈符飛過去，土崛宗主忍袖含怒也接過一道靈符，旋即黑袍女子拂袖，十幾道幽光沒入他們體內，這是禁制，防止他們私下潛逃。

既然選擇了舉宗投靠闕月門，那就得死心塌地，反反覆覆可不行，會死的。

第二章

毀屍滅跡

葉御很想留在小山村，與寒遠夫婦和青靈師姐一起過年，哪怕是過了正月十五也好，大年初一就不得不野狗一樣獨自流浪出來，如同八年前那個浮萍般的孤兒。

不同的是現在的葉御已經是煉氣四層樓的修士，不再是挨打也沒有還手之力，不到一個月的時間，打通四條經脈的一百二十四個穴道。

手三陰的三條經脈中，手太陰肺經左右各十一個穴道，加起來是二十二個，手少陰心經與手厥陰心包經左右各九個穴道，加起來是三十六個穴道。

手三陰的三條經脈加起來才五十八個穴道，這就意味著十二天的時間就能搞定。手三陽與手三陰的六條經脈全部打通，必然火焰刀小成。

難的是足三陽，這三條經脈涉及到的穴道就多達三百多個，幾乎佔據全身穴道的一半。正因為如此，葉御才對鐵煉真經說打通三百個穴道就算是大成的說法感到不解。

葉御不斷抹去自己在雪地的足跡，然後折向東北，繼而繼續向北，在一個山坳處葉御選擇停下來。

不急著趕到千尋密會所在的位置，葉御希望自己實力更強一些，打通手三陰的三條經脈，就是踏入煉氣七層樓，算是煉氣士中的中間階段。

尤其是十八路鷹爪手還有破風刀法需要嫻熟掌握，最好是推陳出新，因為許多招式沒用，作為一個煉氣士，不是江湖高手，那些冗餘的招式很可笑。

寒遠帶隊狙殺大正門的隊伍，有符籙、有飛劍、有法寶，就是沒有你來我往的拳打腳踢，這才是修士之間的戰鬥方式。

葉御的錨定長行相當驚豔，寒遠多次讚許，葉御自然知道應該徹底發揮這個優勢，這就叫揚長避短。

錨定長行衝到敵人附近，短柄斧施展的破風刀法或者十八路鷹爪手奇襲，這才是絕殺的手段。

既然是絕殺，那就必須乾脆俐落，生死搏殺的時候還考慮招式的變化？最短時間內最強輸出才對。

用短柄斧挖出了一個避風的山洞，餓了吃雪，餓了打一隻松鼠或者野兔子，修行御火真經，最大的便利是點火方便。

寂寞叢林中，葉御心無旁騖地孤單修行，每天雷打不動的打通五個穴道，練習十八路鷹爪手和破風刀法，然後是痛苦不堪地修煉鐵煉真經，把自己拍打得死去活來。

打通的經脈越多，需要拍打的穴道越多，拍打的越多，痛苦越發強烈。那些反覆拍打過的穴道，承受力明顯增強了許多，手掌拍上去的時候有微弱的反震感覺。

十二天後，葉御站起來，右手對著遠方揮出去，火系真氣凝成了一把半月形狀的弧形刀刃斬在了石壁上。

岩石破碎，留下了一道長約半尺的斬痕，葉御握緊拳頭給自己鼓氣，旋即左手也斬過去，另一道火焰組成的弧形刀刃破空斬在石壁上。

手三陽與手三陰，加上足厥陰肝經，一共七條經脈打通，葉御在煉氣士中也不是初哥。

錨定長行是每天必須練習多次，距離沒有提升多少，但是施展錨定長行的速度越來越快，這是逃命和擊殺敵人的絕活，必須多練。

隨著修煉鐵煉真經的逐漸深入，施展錨定長行的時候，身體也不再有強烈的眩暈與撕裂感，體魄在不知不覺中增強了。

葉御毀掉自己生活了十幾天的痕跡，辨別了一下方向，向著千尋密會的方向前進。

千尋密會佈置了防禦陣法，還有製造幻象的功能，當初如果葉御不是被求遊帶領過去，哪怕他走到附近也找不到。

葉御多少走偏了一些，當他看到曾經逃離礦場的道路，這才意識到走偏了，不過偏得不多，葉御背著長劍悠然向著千尋密會所在的位置走過去。

每年一次的千尋密會，為期半個月，不是千尋密會的成員，錯過這半個月的時間，就沒資格進入其中。

葉御佩戴著千尋密會的標誌，他來到附近就會有人引領他進入山腹，平時這裡有人留守，免得聚會的地點遭到破壞。

遠遠看到了千尋密會的所在地，葉御忽然耳朵動了動，兩個穿著青色道袍的男子一左一右從兩側的叢林中走出來。

左側男子問道：「千尋密會的成員？」

葉御藏在袖子裡的手握緊短柄斧說道：「兩位道友要參加千尋密會？那得等待年底。」

右側男子問道：「你真的是千尋密會的成員？」

葉御左手指了指胸前的標誌，左側男子問道：「這一次的千尋密會，可否發現陌生的面孔？」

葉御說道：「陌生面孔很多的，那些多次參加密會的道友會呼朋喚友，帶來許多新的道友，不知道兩位找的是什麼樣的陌生面孔？」

右側男子說道：「獨來獨往的那種，是火系修士，手上應該有常年勞作留下的老繭。」

葉御挑眉說道：「沒有，陌生人沒機會參加千尋密會，我們千尋密會也有門檻的。」

獨來獨往，火系修士，手上有常年勞作的老繭，葉御第一個念頭就是指的自己，為何如此？這兩個人是什麼來歷？

左側男子問道：「真的沒印象？帶我們去千尋密會看一看，或許能找到線索。」

葉御眸子眯起來，左右看了看，左側男子煉氣八重，右側男子煉氣七重，和葉御相同的境界。

葉御說道：「千尋密會每年有固定的開啟時間，錯過時間不對外人開放，兩位道友來自哪個宗門？」

右側男子向前走來說道：「闕月門，你惹不起，帶我們過去。」

葉御說道：「這真不好意思，我只是小人物，沒資格帶兩位過去。」

右側男子真氣湧動，葉御舔舔嘴唇，闕月門？年前的伏擊戰本來是對闕月門下手，卻是大正門的倒楣鬼落入伏擊圈。

左側男子警惕地看著葉御，他的師弟準備動手，他壓陣就行，聽說千尋密會的主辦者是散修，下面的小雜魚肯定也是散修。

他們兩個領命來盤查千尋密會，結果根本不得其門而入，正在惱火的時候，竟然遇到了千尋密會的成員。

右側男子的飛劍剛剛出鞘，葉御化作一道烈焰出現在他面前，燃燒著烈焰的短柄斧的斧刃劈在右側男子的脖子上。

鮮血還沒飛出來，葉御再次化作一道烈焰，出現在左側男子的面前，左側男子側身，直接用出鞘半截的長劍擋住了斧刃。

葉御左手如電，直接插入左側男子的頭顱，灌注火系真氣的五指貫穿了左側男子的頭顱，葉御噓口氣，抓住兩具屍體飛快遁向遠方。

闕月門竟然找到了這裡，而且明顯是有目的追查而來，難道礦洞中的秘密被人發現了？那意味著闕月門掌控了礦場。

葉御尋找著狼群留下的蹤跡，一次次施展烈焰長行，一次次喘息之後來到了狼巢附近，把這兩個人的儲物袋收起來，然後帶走了長劍和劍鞘重新施展烈焰長行返回。

小心挖走染血的積雪，用松枝把積雪掃平，免得闕月門的人找到戰鬥留下的痕跡。

寒遠說葉御是天生的殺手，葉御當時嚇一跳，現在葉御毀屍滅跡的手段，寒遠看到之後，必然更加期許葉御是天生的殺手。

察覺到危機，第一時間殺人滅口，然後謹慎處理留下的痕跡，甚至屍體也送到了狼巢，等待饑餓的狼群吞噬。

這兩柄飛劍不能留下，葉御悄然來到了一個半山腰，把兩柄帶鞘長劍塞進了石頭縫隙。

做完這一切，葉御向著南方施展烈焰長行而去，這個消息應該通知寒遠，當然不是返回小山村，而是在中途等待。

夜色降臨，千尋密會的方向，一道如同焰火的靈符飛上夜空，化作了一個赤紅色的月牙。

是闕月門的信號？不瞭解闕月門，看到赤紅色的月牙，葉御自然聯想到闕月門的援兵到了。

此地不宜久留，葉御蹲在樹杈上，施展錨定長行迅速向南方離去，足足逃走十幾里路，葉御再次停下來。

葉御認為如果寒遠他們回到千尋密會所在地，也應該從這個方向前來，但是葉御想不到的是，寒遠他們一行人是從東方接近，在夜色中趕路恰好看到了闕月門的報警令符。

闕月門的高手到了千尋密會附近？難道截殺大正門的消息走漏？那也不對啊，寒遠他們準備伏擊闕月門，卻意外伏擊了大正門。

這到底是怎麼回事？大年初一就返回的葉御會不會遇到危險？寒遠和墨韻對視，伏波說道：「闕月門的信號，莫非你們起了衝突？」

寒遠皺眉說道：「不應該，此事有些棘手，我們沒辦法和闕月門正面對抗。」

伏波說道：「師門的援兵應該快要抵達了，莫不如我們去迎接他們，匯合之後再做決定。」

寒遠說道：「只好如此了，闕月門的報警靈符啟動，千尋密會的駐地有危險，師兄，你們去迎接同門，我去千尋密會駐地。」

墨韻說道：「你一個人遇到闕月門的人說不清楚，也容易遭遇危機。」

寒遠說道：「逃走還是有手段的，千尋密會付出了我們太多的心血，不容有失。」

身負師門重任，寒遠與墨韻這對道侶來到這個偏遠的地方，用散修的身份建立了千尋密會。

千尋密會的前身，是一群散修秘密交易的所在，寒遠夫婦到來，兩個築基期的「散修」加入，並逐漸誘導，從而讓小型交易場所變成了每年一度的千尋密會。

寒遠主要的任務是通過監守自盜的監工，秘密購買赤火銅礦石，貪婪且短視監工不知道赤火銅礦石裡面摻雜著陽焰精金。

每年的秘密交易可以獲得上百斤的陽焰精金礦石，大約能提煉出兩斤左右的陽焰精金，這才是最大頭的收益，因此兩個前程遠大的築基期修士只能冒充散修坐鎮千尋密會。

現在礦場異變，礦工挖穿了地下宮闕，那是上古修士的洞府。陽焰精金的這條穩定收益廢了，但是上古大能的洞府足以讓寒遠的師門行險一搏。

寒遠希望過去查看情況，還有一個原因就是擔心葉御遭到危機，人和人之間的緣分沒道理可言，寒遠的師門中青年才俊不少，只是寒遠看到葉御，就想到了曾經年輕時代的自己。

寒遠颯然前行，當他泰然自若來到葉御擊殺兩個闕月門修士的地方，十幾個闕月門的修士剛剛彙聚在一起。

遠智的目光投向聲音響起的方向，寒遠的聲音響起道：「在下寒遠，千尋密會的東家之一，不知道諸位道友彙聚在此，有何用意。」

遠智說道：「本門兩個弟子被謀殺，道友身為千尋密會的東家，不知道如何解釋？」

背負長劍的寒遠出現在闕月門眾人的前方，寒遠緩緩稽手說道：「新年之際，千尋密會的成員會各自返鄉，貧道也是剛剛返回。闕月門的道友被謀殺？」

遠智說道：「毀屍滅跡，兇手甚至把兩個師侄的長劍藏在了石頭縫隙，依然留下了狐狸尾巴。」

寒遠說道：「千尋密會成立十幾年，一向風評良好，從來沒有哪個道友因為參加千尋密會而遇害，這是十幾年打造出來的金字招牌。闕月門身為方圓千里聞名的頂尖宗門，艱難求生的千尋密會豈能如此不智，況且沒有任何過往的恩怨嫌隙。」

遠智說道：「我說過是千尋密會的人下手？寒遠道友，你是不是欲蓋彌彰？」

寒遠沉下臉說道：「在下不過是就事論事，何來欲蓋彌彰？闞月門勢力龐大，就可以信口雌黃？散修生存不易，千尋密會是給散修們一個交流道法，交易修行資源的所在，如此艱難發育，還要承受不白之冤？」

遠智盯著寒遠的眼睛，說道：「行兇者是火系修士，能夠自身毫髮無損斬殺闞月門兩個煉氣中期的弟子，不知道寒遠道友有沒有線索？」

寒遠略一思索說道：「毫髮無損斬殺兩個煉氣中期的道友，兇手本身必然是煉氣巔峰，乃至築基期。千尋密會的成員中，絕對沒有這樣的火系高手，或者兇手故意顯露火系道法的行蹤，為的是故布迷陣。」

遠智說道：「為何這樣講？」

寒遠說道：「在千尋密會的集會地附近斬殺闞月門的成員，如果不是有利益衝突，就有可能是栽贓嫁禍，兇手應該對千尋密會有所瞭解，才會故意在這裡殺人，並竭力做出與千尋密會不相干的樣子，為的就是讓闕月門追凶，把矛頭指向千尋密會。」

遠智微微頷首，遠智身邊一個築基期的道人說道：「如果兇手故意真真假假蒙蔽我們的視聽呢？據我所知，大正門的人曾經遭到了截殺，折損了兩個築基期的高手。」

寒遠挑眉說道：「大正門的道友遭到了截殺？難道斬殺闕月門的兇手就是截殺大正門的人？」

遠智抬手讓這個不該多嘴的同門閉嘴，遠智一直盯著寒遠的眼睛，良久，遠智說道：「伏韻道友可好？」

寒遠鬚髮賁張，伏韻，就是墨韻的道號，遠智提起伏韻，顯然認出了自己的身份。

遠智說道：「蒼龍宗的天才弟子，煉氣期綻放異彩，踏入築基期反倒消失了。我一直不理解為何如此，現在知道你組建了千尋密會，所有的疑惑就全部解開了。」

寒遠噓口氣，再次稽手說道：「宗門有令，不得不在此蠅營狗苟，見笑了。道友目光敏銳，莫非是闕月門的遠智道友？」

遠智說道：「正是在下，闕月門遇害的兩個弟子，一個煉氣七層樓，一個煉氣八層樓，未來築基成功的機率極大，卻在搜尋線索的時候遇難。」

寒遠說道：「冒昧問一句，搜尋什麼線索，小弟願意力所能及調動人手幫助尋找。」

遠智說道：「一個盜走寶物的礦工而已，他僥倖學會了火系道法，而且力氣極大。」

寒遠揪著黑色的鬍鬚說道：「我這就通知千尋密會的核心成員，一起撒網捕捉。」

遠智說道：「疥癬之疾，沒必要大動干戈。伏遠道友，千尋密會是否聽說了土崛宗的礦場之變？」

寒遠苦笑說道：「零星聽到了一些，方才這位道友說大正門的人遭到了截殺，莫非大正門也得到了消息？」

遠智說道：「蒼龍宗莫非也有興趣？」

寒遠說道：「大正門與闕月門盯上的寶地，蒼龍宗哪有這個膽量？神仙打架，我們參與不得。」

遠智說道：「兇手的手段相當詭譎，伏遠道友若是有了線索，闕月門必有答謝，告辭。」

方才說話的道人說道：「師兄，不繼續尋找了？」

遠智說道：「沒有痕跡留下，與其在這裡浪費時間，不如考慮如何絕殺大正門的人。土崛宗已經投入我闕月門，礦場就沒有外人染指的資格。」

遠智不想和他的師弟廢話，出門沒帶腦子的蠢貨。遠智和寒遠的交談步步藏著陷阱，沒看到寒遠身體繃緊，抱著隨時開打或者逃竄的準備？

遠智說的話寒遠明顯聽懂了，也做出了承諾，蒼龍宗不會覬覦礦場，而且不會包庇兇手。這就足夠，沒必要與大正門即將開戰的時候，把蒼龍宗也列為敵人。

寒遠說道：「若是對基礎的靈丹和符籙有所需求，千尋密會願意全力提供。」

遠智說道：「若是蒼龍宗的靈丹還好，散修們煉製的靈丹就免了，或許丹毒也沒辦法淬煉出去，不敢用。」

遠智帶著闕月門的人離開，寒遠默默嘆口氣，寒遠相信有人在暗中監督自己，那就做出無可奈何的樣子好了。

寒遠現在已經確定，下手的人就是葉御這個膽大包天的小子，應該是葉御遭遇了闕月門的兩個弟子，得知他們調查礦場逃出來的礦工，葉御就在殺人滅口。

寒遠沒有輕舉妄動，葉御肯定藏了起來，就算想要通知葉御逃走避難，也不能是現在。

寒遠琢磨片刻走入幻陣中，做出他就是回家過年之後，重新返回千尋密會坐鎮的樣子。

得想辦法通知葉御逃走，因為葉御在千尋密會中顯露過身手，太多人看到了，散修沒什麼操守，若是闕月門發佈懸賞，必然會有人舉報。

千尋密會應該可以放棄了，蒼龍宗不是不垂涎礦場的上古修士洞府，只是不願意先出頭。

寒遠說蒼龍宗不會介入闕月門和大正門的龍爭虎鬥，事實是蒼龍宗的修士正在陸續趕來。對遠智撒謊，寒遠沒有任何心理負擔——我說的話不算數，宗門說了才算，當蒼龍宗正式介入上古洞府之爭，闕月門一定不會放過千尋密會。

葉御到底藏在哪裡？寒遠有些擔憂，從礦場盜走寶物？不，應該是葉御發現了礦洞連接上古洞府，因此帶著發現的寶物逃走，並來到了千尋密會。

寒遠迅速把零散的線索串在一起，這就不難解釋為何葉御為何力大驚人，挖礦的孩子，沒力氣能活下去嗎？

千尋密會的所在地有幾個寒遠夫婦招攬的心腹在駐守，他們是沒根腳的散修，跟著寒遠夫婦混，才有出頭之日。

墨韻與伏波與一群行色匆匆的修道人匯合，蒼龍宗的大軍抵達了，在白雪覆蓋的叢林中，大正門的上百人隊伍向著礦場秘密潛行。

盧鵬死裡逃生，他沒有來到千尋密會，他擔心有人對他不利，因此他直接找上大正門的修士。而在此之前，盧鵬為了把消息擴散出去，他在路過的城鎮與縣城寫了許多告示貼在城牆上。

土崛宗的礦場出現了上古洞府，這個消息不僅僅是闕月門和大正門知道了，還有許多散修以及多個宗門得到了消息。

大正門的十個修士讓盧鵬帶路，準備先下手為強，結果寒遠他們得到消息，準備截殺闕月門的隊伍，卻把大正門的隊伍給伏擊了，盧鵬也被葉御直接斬殺。

闕月門的人知道有一個礦工逃走，這個礦工是誰？年齡多大，容貌如何，不得而知。

大正門的人憤怒欲狂，截殺的人肯定不是來自闕月門，更像是散修組合，最大的嫌疑人是附近的千尋密會那群散修，只是暫時沒時間搭理他們。

礦場的上古洞府必然藏著驚天機緣，誰搶到了就是誰的，這就叫做天才地寶，有德者居之。

第三章 煉器

葉御不想見到伏波師徒，寒遠在大年初一讓葉御趕赴千尋密會，用意太明顯，伏波師徒心眼不大，寒遠擔心他們對葉御不利。

葉御以為寒遠會從南方返回，寒遠遲遲等不到葉御出現，已經猜到了可能葉御躲在寒遠應該走過的路上。

只是蒼龍宗的隊伍到來，兩個師叔帶隊，他們直接進入千尋密會，把這裡當作了臨時的營地。

寒遠只說自己遇到了闕月門的人，自己的身份暴露了，卻沒說闕月門要找的人九成以上可能是葉御。

蒼龍宗善於潛蹤匿跡的弟子已經深入山中，去窺視礦場的動向，礦場出產的赤紅銅礦石藏著少量的陽焰精金，雖然數量不多，依然是蒼龍宗重要的資源。

火系法寶或者飛劍添加少量的陽焰精金就能起到畫龍點睛的作用，這種珍稀的金屬市面根本買不到。礦場僅僅是因為陽焰精金就足以讓人眼紅，更不要說礦場下面藏著一個上古修士的洞府，各路修士在以不同的方式接近，他們準備在這場盛宴中分一杯羹。

土崛宗在宗主的帶領下，整體加入闕月門，變成了闕月門的下屬分宗，礦場自然明正言順屬於了闕月門。

但是誰認可了？土崛宗的礦場是買下來的土地？地契呢？土崛宗的礦場來的名不正言不順，投靠闕月門就能變成了光明正大的產業？

財帛動人心，修道人更如此，否則為何善於殺伐爭鬥的劍修成為主流？修道人的競爭比想像中更殘酷。

葉御藏身地附近不斷有來歷不明的修道人向著礦場的方向而去，沒人知道具體的位置，只要知道大致的方向就行。

葉御藏在一個山洞中，殺了兩個闕月門的成員，葉御就沒想過進入千尋密會的所在地，不能把麻煩帶給韓叔夫婦，現在這裡苟著。

足太陰脾經左右各有二十一個穴道，加起來是四十二個穴道，九天搞定，葉御獨自一人自得其樂。

足太陰脾經的一個個穴道打通，依然是恆定的每天五個穴道，想多突破也做不到，勉強衝擊更多的穴道會導致經脈脹痛，彷彿狂躁的真氣要把經脈撕裂。

因為沒有外人，葉御修行鐵煉真經的時候更加賣力，每一次把自己拍打得全身痛不可擋，然後躺在山洞中痛苦打滾。

幾天之後，一個青衣女子唱著歌謠走過，疼得滿頭冷汗的葉御動了動耳朵，青靈師姐的歌聲。

葉御迅速反應過來，石青靈在尋找自己，只是她不敢大張旗鼓，葉御從山洞竄出來，無聲無息地向著歌聲的方向潛伏過去。

當葉御看到那抹青衫倩影的時候，青禾的聲音響起道：「師妹，是不是在找人？」

石青靈藏在袖子裡的左手結劍訣，這幾年石青靈來到千尋密會，在寒遠與墨韻夫婦的指點下，實力提升很快，最重要的是心性成熟起來，尤其是多次秘密執行任務，石青靈殺人的時候不再手軟。

青器與青禾隨著伏波道人到來，石青靈看出來了伏波道人找到小山村，應該就是他們兩個在蠱惑。

可笑之至，兩個舔狗還明爭暗鬥，越發像跳樑小丑，在蒼龍宗中，青器與青禾也不算是人才，石青靈從來沒正眼瞧過他們。

石青靈從容轉身看著青禾說道：「青禾師兄，你在尾隨小妹？」

青禾呵呵笑道：「怎麼可以這樣詆毀為兄？妳一個人走出來，荒山野嶺的我不放心。」

石青靈說道：「我出來散心，師兄給我添堵了，回去吧，否則我認為你動機不良。」

青禾走向石青靈說道：「師妹應該是肩負秘密使命，我願意幫妳。這幾天有傳聞，那些彙聚過來的散修說闞月門在尋找一個盜寶的礦工，我總覺得和那個叫做玉散人的傢伙很像呢？」

石青靈眯起眼睛說道：「青禾師兄，你常年在宗門修行，不懂得人心險惡，有些話可不能亂說。」

青禾說道：「我有亂講話？師妹，伏遠師叔或許在外太久，做事的膽子有些大，貿然收留一個來歷不明的散修，或許會帶來危機呢。或許伏波師叔被收買了，畢竟闕月門說那個逃走的礦工帶著重寶。」

石青靈的長劍發出劍鳴，青禾呵呵笑道：「師妹要翻臉？我出來的時候和師父報備了，妳又不是伏遠師叔的弟子，犯得上因為幾句話就動了殺機？」

青禾一臉輕佻表情，石青靈說道：「青禾師兄，你讓我感覺噁心了，我想試試師兄有幾分底蘊，敢來騷擾我。」

青禾說道：「為兄有兩柄劍，師妹先試試這個。」

言語齷齪的青禾瀟灑彈指，飛劍出鞘，忽然有女子的歌聲響起，比石青靈的小曲更加悠揚婉轉，嗓音也極為柔媚，甚至有些騷。

石青靈彈指放出飛劍喝道：「誰？」

歌聲停歇，一個女子帶著笑意說道：「看到了癩皮狗在黏人，據說好女怕郎纏，至少也得是有狼性的郎君，這種死皮賴臉的癩皮狗我就很討厭了。」

青禾厲聲喝道：「在下蒼龍宗修士青禾，何方妖女如此狂妄？」

一個青衣女子出現在青禾背後，手中的劍鞘敲在了青禾的頸椎骨上，清脆的骨折聲響起，青禾軟塌塌癱倒在地上，剛出鞘的飛劍也掉落在地。

石青靈身體繃緊，目光看著對面的青衣女子，也看到了悄然出現的葉御，石青靈不動聲色說道：「前輩眼光精准，出手更是證明了自身的強大，晚輩蒼龍宗石青靈。」

對面的女子似乎與石青靈年齡相仿，只是巧笑倩兮的樣子，頗有幾分玩世不恭。石青靈根本沒看清青衣女子如何出現，此刻面對面，石青靈看清楚了青衣女子的容顏，石青靈被驚豔了。

青衣女子審視看著石青靈，兩個同樣身著青色長袍的女子，在皚皚白雪中顯得分外妖嬈。

青衣女子笑了一聲說道：「怪不得癩皮狗黏著你，小模樣還挺清秀的。」

石青靈鬆開劍訣，稽手說道：「前輩取笑了，在您面前，晚輩不值一提。您是金秋皓月，晚輩不過是米粒之珠，我師兄咎由自取，若是伏波師伯問起，晚輩也會坦然這樣說。」

青衣女子回頭，方才有被窺視的感覺，當青衣女子回頭沒看到人，也沒感知到真氣的波動。

或許是錯覺，也可能是鳥獸的窺視讓自己產生了感應，青衣女子拂袖說道：「就是看這個癩皮狗不順眼，多好的女孩子，被這種傢伙噁心，我看不下去。走啦，有人問起，妳就說遇到的是孟白鹿。」

青衣女子手中的長劍飛出來，她御劍向遠方飛去，石青靈大聲說道：「恭送白鹿前輩。」

青禾躺在地上沒敢發出呻吟，更不要說開口謾罵，直到孟白鹿飛遠，青禾才咬牙說道：「石青靈，你勾結孟白鹿這個妖女，是不是早就想對我下毒手？」

石青靈吐了一口口水說道：「想怎麼說就怎麼說，你開心就好，我要去請伏波師伯來救你，耐心躺著。」

青禾咆哮道：「婊子，妳殺了我。」

石青靈豎起食指擺了擺說道：「那怎麼行？同門相殘，要被廢去修為的，只是男女授受不親，我也沒辦法帶你回去。別凍死了，最多一天我就回來了。」

此地距離千尋密會的所在地，不要說御劍飛行，跑路也就小半個時辰，石青靈分明就是想讓青禾凍死在這裡，或者氣死也行。

石青靈腳步歡快走向葉御藏身的大樹方向，身後傳來青禾怨毒的咒罵聲，石青靈走過大樹，輕聲說道：「我們慢慢走，避開這條死狗，師叔讓我尋找你，如果遇到了你，就說闕月門發佈了懸賞，他們誣陷說你盜走了礦洞的藏寶，還殺了兩個闕月門的煉氣士。」

葉御借助樹叢的掩護避開躺在地上破口大罵的青禾注視，他雙手抱著肩膀默默聽著。

石青靈說道：「千尋密會裡面聚集了太多我們蒼龍宗的人，師叔沒有辦法說得太詳細，師叔讓我給你帶一份禮物，現在起必須躲開任何人。賊咬一口，入骨三分，太多人會垂涎闕月門的懸賞，你今後要依靠自己，伏遠師叔現在不能公開幫助你，免得蒼龍宗的人懷疑你真的有寶物。」

葉御對著千尋密會的方向稽手躬身，石青靈把一個儲物袋丟給葉御說道：「土崛宗整體投靠了闕月門，成為了闕月門的分宗，最憤怒的是大正門，估計這兩大豪門快要開戰了。我個人對你的建議，躲起來，不要離開太遠，未來若是有急事，在這個樹洞中留信，師叔很欣賞你，你不再孤單。」

葉御停下腳步，石青靈說道：「儲物袋我偷偷看了，裡面有師叔給你的信，信裡面給你安排了一個身份，可以承受住調查的身份。走啦，別讓人看到你，好好活著。」

葉御覺得鼻腔被堵住了，酸得厲害，他轉身施展錨定長行極速遠走，不敢聽下去，嗓子眼彷彿被堵了一團棉花。

好不容易在千尋密會找到了一絲歸屬感，現在就不得不重新變成流浪狗，葉御心情很糟，茫茫天地，終究還是獨自一人。

這個地方待不了，伏波肯定要來接他的倒楣徒弟，頸椎骨被打斷，估計後半輩子廢了。

葉御辨別了一下方向，向著一座荒山施展錨定長行而去，秘技需要不斷使用才能越來越嫻熟，現在錨定長行幾乎是念動就可施展。

火焰刀還差了許多意思，葉御有一種直覺，或許打通了全身的十二正經，他施展出來的火焰刀不僅更加完整，而且威力會超出想像。

葉御來到背風的山腰，使用長劍挖掘出一個小小的洞口，很小的洞口只能讓葉御彎腰走進去。

裡面則挖得寬廣，至少能夠躺下休息，地上鋪著乾草，這就是家了，比礦洞的條件略遜，也差不了多少。

葉御坐鎮洞府中，這才打開儲物袋，裡面有一本書，一些不知名的材料，還有一封信。

葉御打開信，裡面是蒼勁的筆跡，信中寒遠提起闕月門對礦場一個逃走礦工的誣陷，並告訴葉御許多事情沒有道理可講，闕月門是名門正派，還是方圓數千里之內最頂尖的豪門。

豪門，有的時候意味著不講道理，沒必要和他們一般見識，錨定長行的手段不要輕易使用，免得讓人有所質疑。

未來闕月門和大正門之間必有一戰，當戰亂爆發，闕月門就沒閒心尋找一個逃走的礦工了。初入江湖，一切小心，不要輕易相信任何人，自身安穩活下去才是唯一的道理。

這本書是火系的秘技，可以讓葉御在修行的閒暇翻閱，若是葉御能夠掌握其中的秘技，未來能成為寒遠的好幫手。

這本名為《天熾心經》的秘技，不僅僅是秘技，還有施展秘技所需要的法器煉製方法，儲物袋中的材料就是煉製法器使用。

在千尋密會的時候，葉御搶到了一本煉器的秘笈，只是巧婦難為無米之炊，而且葉御也沒閒心研究煉器。

此刻孤身一人，寒遠讓石青靈送來了煉器的材料和秘法，葉御終於振作起來，修行之外煉器，或許日子會很開心。

煉器不是那麼容易，火系修士相對容易，否則必須有熔爐才能把材料融化。沒有人指點，葉御在獨自潛修中，磕磕絆絆地對照煉器的秘技還有天熾心經，不斷揣摩那些專業術語。

每一次出門尋找食物，葉御也是極為小心，確認附近沒人才會施展錨定長行，同時把挖掘洞窟的碎石丟在遠方。

冰雪融化，大地回春的時候，葉御的第十條經脈已經打通了小半，洞窟中被小心整理出一個光滑的平臺，上面擺放著一個個纖長的金屬部件。

寒遠很欣賞葉御，這本《天熾心經》是寒遠花費不少代價換購過來，讓石青靈送來的材料也極為珍貴。

寒遠與墨韻是蒼龍宗最出名的道侶，他們攜手從煉氣期開始，踏入築基期正式結為道侶，並且在築基期也高歌猛進。

如果不是蒼龍宗盯上了礦場，寒遠和墨韻應該在蒼龍宗內收下自己的弟子，只是十幾年的時間，寒遠和墨韻一直坐鎮千尋密會，石青靈是寒遠與墨韻的師侄，厭煩青器與青禾的騷擾，主動申請來到千尋密會，在寒遠夫婦的庇護下，石青靈過得很開心。

寒遠和墨韻沒有自己的傳人，葉御來到了千尋密會，這個彷彿流浪兒的少年讓寒遠想到了自己幼年的流浪經歷。可惜葉御來到千尋密會的時候，已經是火系煉氣士，不可能被蒼龍宗接納，蒼龍宗的門檻很高的，不接受帶藝投師。

寒遠最初沒在意一個來歷不明的散修，當葉御在千尋密會悍然出手，讓寒遠看出這個少年的戰力不俗，這才有了參與截殺闕月門，卻誤中大正門的事情。

葉御表現相當精彩，寒遠帶著葉御來到自己隱居的小山村，看著葉御天天閉門苦修，寒遠越發欣賞。

面對石青靈這個美貌女修，葉御眼神純正，心無雜念。寒遠閱人太多，尤其是執掌千尋密會，看多了自然判斷越發精確。

寒遠希望讓葉御在煉器中打發無聊的時間，煉成了最好，不成也沒關係，浪費時間也比葉御耐不住寂寞走出來，遭遇危機好得多。

十幾根纖細的金屬片擺在小小的平臺上，這僅僅是內部的基礎，秘笈裡面的法器相當的繁雜。

葉御研究了許久，在真正動手製造的時候，他加入了陽焰精金，這件法器明顯是火系的法器，陽焰精金不是最佳的輔助材料？蒼龍宗或許沒有多少的陽焰精金，葉御有數十斤的珍藏呢。

將近兩個月的時間，從弄懂這件斗笠形法器，到煉製出十幾個看似最難的部件，葉御身心疲憊。

沒有任何輔助的工具，這些金屬是依靠葉御自身的火系真氣融化，然後利用短柄斧的斧面做砧板，用飛劍來碾壓切削。

一次次的失手，一次次的重新融化才製造出這十幾個部件，而這僅僅是漫長征途的第一步，完整的法器有幾百個部件呢。

與世隔絕的葉御不知道的是闕月門和大正門在一次次的小範圍爭鬥之後，火氣已經被打出來，兩大豪門的高手在向著礦場彙聚。

神秘的地下宮闕，那是上古大修的洞府，因為滄海桑田而埋入礦山之下，這種誘惑誰能扛住？

每過一天，闕月門就會多探索一天，或許再過些日子，上古大修的洞府就要被闕月門霸佔了。

土崛宗出售的赤火銅礦石，闕月門是大主道，大正門也是大買主，憑什麼闕月門吞併土崛宗？

這種話說不出口，因此大正門找茬的名義冠冕堂皇，理直氣壯——土崛宗秘密搜尋有靈根弟子，卻不傳授他們真正的修行秘法，而是讓他們修煉《天工經》，為的是讓他們當苦力。

這可不是謠傳，盧鵬找到大正門的修士，說出了礦場的全部秘密，大正門頓時覺得自己就是正義的化身，他們必須進入礦場，找到被欺騙之後淪落為苦力的礦工，幫他們討還公道。

礦工和監工全被滅口了，大正門很清楚，因此大正門越發理直氣壯，土崛宗這種喪心病狂的宗門必須得到嚴懲，而且大正門必須進入礦場親自檢查。

礦場的地下藏著一個上古大修的洞府，這個消息已經傳播出去，盧鵬死裡逃生，他在途徑的城鎮留下的消息，已經徹底攪亂了局勢。

或許最初有人懷疑這是謊言，當大正門和闕月門的高手開戰，據傳一共隕落了十幾個金丹真人，還有元嬰老怪出動之後，再也沒有人懷疑。

真的有不可限量的好處，大小宗門在虎視眈眈，沒根腳的散修彙聚在千尋密會。

寒遠和墨韻依然是話事人，只是他們只是蒼龍宗推出來的棋子，蒼龍宗的高手也趕赴到了千尋密會，如同沉睡的惡龍等待著出手的時機。

葉御不貪心，他在自己的礦洞得到了《御火真經》，得到了戒指，還有藏在肝臟的熾烈氣息。

而進入地下洞府，葉御搶到了那個金屬圓環，足夠用，葉御逐漸忘記了外界的一切。

一個多月的時間，法器的整體結構了然於心，甚至可以說是胸有成竹，接下來就是如何水磨工夫，把所需要的材料全部煉製出來。

春天到了，尋找食物更加輕鬆，葉御已經開始打通足陽明胃經，也就是說葉御從年前得到御火真經開始，現在已經是十一樓的煉氣士。

足陽明胃經左右各四十五個穴道，加起來是九十個，足太陽膀胱經涉及到的穴道最多，左右各六十七個穴道。

每天煉器之後，必須修行鐵煉真經，正好用來驅散專心煉器帶來的疲憊，步驟不能錯了，修行鐵煉真經很痛苦，沒辦法全神貫注煉器。

煉器不是輕鬆活，需要集中全部的精力，還要小心控制火系真氣和敲打的力量，稍有不慎就是前功盡棄。

寒遠也沒指望葉御煉器成功，這是給葉御打發時間的坑人秘笈，是珍品，卻不是一個外行所能掌握。

葉御也不知道寒遠的真實想法，他現在每天樂在其中，看著一個個融合了陽焰精金的部件煉製出來，簡直不敢相信這是自己的手藝。

挖礦四年，從來沒做過精細活，葉御不斷把以前覺得不錯，現在覺得不滿意的部件回爐。

上百個精巧的部件，如同能工巧匠的傑作，葉御幹勁十足，不要說最終的成品有什麼威力，僅僅是賣相就足以讓葉御心滿意足。

有節奏的拍打聲響起，反覆錘煉過多次的位置傳來敲鼓般的沉悶撞擊，那些剛剛開啟不久的穴道附近，依然痛得讓人冒汗。

三個背著長劍的人從山腳下途經，原本他們已經要走過去了，其中一個中年人側耳，然後舉手，葉御鍛打自己的聲音被聽到了。

隊伍中的青年男子說道：「二叔，有情況？」

隊伍中的女子做個噤聲的手勢，二叔肯定察覺到不對了，別說話。中年人做個手勢，荒山野嶺，有節奏的拍打聲？

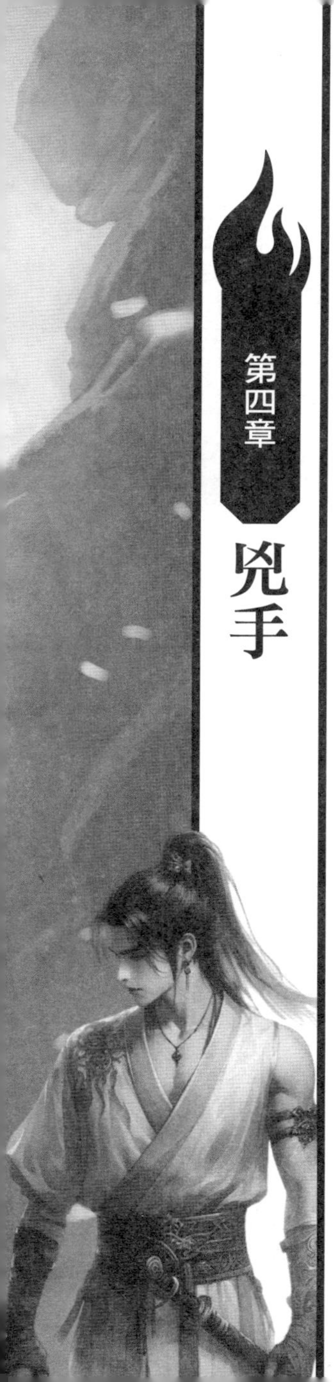

第四章

兇手

中年人低聲說道：「做好戰鬥的準備。」

青年男子和女子同時抽出長劍，中年男子帶著自己的侄子與侄女沿著陡峭山壁無聲爬上去。

越向上攀爬，拍打聲越明顯，中年人示意他們兩個慢一些，他無聲無息接近半山腰。

看到了那個小小的洞口，中年人眼中閃過興奮的神色，在這種地方苦修，實力肯定不濟。

中年人側身接近洞口，看到昏暗的洞窟裡面，一個蓬頭垢面的少年正在用拳頭敲打自己的身體。

中年人的飛劍出鞘，葉御毛骨悚然，就聽到外面有人說道：「道友，山中道遙否？」

葉御抓住放在一邊的長劍，中年人呵呵笑道：「道友身上沒有真氣波動，或許走的是煉體路數，你認為拿著長劍就是劍修了？」

最初葉御身上沒有真氣波動，遇到求遊的時候，得到求遊的提醒，葉御才釋放出真氣，讓人知道他是煉氣士。

現在荒山隱居修行，葉御沒必要釋放出真氣波動，導致堵門的中年人做出了錯誤的判斷。

年輕，十幾歲的樣子，這能是收斂真氣的強者？而且走的是煉體的路子，分明是一隻小菜雞。

中年人貪婪的眼神盯著洞府小平臺擺放的零散部件說道：「放下長劍，慢慢爬出來，否則本座的飛劍無情。」

青年男子和女子也爬上來，聽到中年人的叫囂，他們兩個爆發出歡笑聲，青年男子說道：「二叔，這個傢伙藏身的洞窟裡面有寶物吧？」

中年人說道：「看到了一些精巧的小玩意，不知道來頭，抓住他，一切就全清楚了。」

葉御緩緩放下長劍，看著站在陽光下的中年人，葉御口乾舌燥，十二正經全部開啟，腰間還有一條橫向的經絡打通，這是築基期的道人。

煉氣期需要打通十二正經，築基期是打通奇經八脈，葉御現在是煉氣十一樓的煉氣士，差了一個大境界呢。

青年男子也站在洞口，看著彷彿野孩子的葉御喝道：「滾出來，否則飛劍無情。」

葉御看到了青年男子，原來還帶著煉氣八層的晚輩，還以為全是築基期的強者呢。

葉御做出竭力保持鎮定的樣子說道：「前輩，晚輩也不是沒根腳的散修，這一次是等待家裡長輩。」

中年人說道：「哦？在拖延時間？我看到附近沒有腳印，你應該躲在這裡許久了。所謂的長輩，是不是謀求礦場的機緣隕落了？」

葉御驚慌說道：「不是，沒有，我不知道什麼礦場。」

葉御正在修行鐵煉真經，拍打得全身劇痛，他需要爭取一些時間，讓自己恢復到最佳狀態，因為要用雙手鍛打全身，短柄斧被放在一邊，現在葉御可以說是手無寸鐵。

中年人看著驚慌失措的葉御說道：「別挑戰我的耐心，狗一樣爬出來，否則飛劍無情。」

青年女子說道：「二叔，要不然我們走吧，欺負人不好。」

中年人回頭，不懂事了不是？修道人是逆天行事，何為逆天？世俗的道德是狗屁，這個煉體的傢伙洞窟裡擺放的明明是法寶部件，這個機會能錯過？

青年男子說道：「七妹，天賜不取，反受其咎。機會在眼前，妳不明白修行界的殘酷？」

青年女子低頭不言語，中年人催促道：「滾出來。」

葉御輕聲說道：「好的。」

葉御躬身做出準備爬出洞口的準備，下一刻葉御直接施展錨定長行出現在中年人面前，葉御右手向上撩，半月形的熾烈火焰刀直接斬在中年人的胸腹之間。

煉氣期除了飛劍或者低級的法器之外，能夠動用的手段就是符籙，葉御赤手空拳，中年人防備到了葉御可能體魄驚人，做夢也想不到遇到的是一個不講常理的野路子散修。

火焰刀第一次用來對敵，葉御不確定火焰刀能不能殺死中年人，他右手的火焰刀施展出來，左手的火焰刀接踵而至，直接斬斷了中年人的脖子。

青年男子看到葉御消失，他錯愕轉頭，看到的就是二叔身首異處，葉御劈手奪過中年人的長劍，破風刀法斬落，青年男子倉皇向後退，退到了十幾步之外，一道血線從青年男子眉心向下延伸。

葉御持劍看著青年女子說道：「走，別讓我說第二次。」

青年女子雙手握拳堵住自己的嘴，霎那間，二叔和堂兄這就死了？我們招惹的是什麼樣的大佬啊？

青年女子的淚水噴薄而出，葉御左手向山下指了指，聽到了青年女子建議她二叔離開，至少她還心存善意，葉御沒辦法斬草除根。

青年女子看著二叔脖腔繼續噴出來的鮮血，她哀嚎一聲跳下陡峭山崖，連滾帶爬向著遠方狂奔。

葉御嘆口氣，我閉門苦修也能惹來無妄之災？上哪說理去？死去的青年男子有一句話說對了，修行界殘酷。

這地方不能久留，萬一離開的青年女子帶人來報仇，葉御心中沒底，把人往壞了想，不是錯。

葉御搜檢了兩具屍體，在中年男子的左手無名指看到了一個指環，沒有款式可言，也沒有任何的紋飾。

但是中年男子的身上除了這個指環就沒有別的物品了，這讓葉御心中燃起了希望，萬一這是傳說中的芥子指環呢。

葉御把山洞裡面的物品收拾起來，兩具屍體丟入洞窟中，未來青年女子來報仇也好，來收斂骸骨也好，至少沒有拋屍荒野。

洞口被堵了一塊石頭，葉御從容遠去，一個人挺好，沒有牽掛，人走家搬，只是還得重新找一個隱居的地方。

築基期的道人也不過如此，第一次斬殺築基期的強者，讓葉御的信心暴漲，驗證了錨定長行與火焰刀的威力，事實證明效果相當好。

汲取了第一次挖洞窟的經驗，這一次葉御選擇了更偏遠的一座山丘，然後葉御在天然的石頭縫隙開挖，這一次足足挖了十幾丈深，洞口還被挪過來的藤蔓遮掩。

在葉御離開的第三天，青年女子坐在一柄飛劍上，讓一個中年美婦帶領著回到了半山腰的洞窟附近，周圍十幾個人御劍飛行，正在搜尋葉御有可能留下的痕跡。

挪開遮擋洞窟的石頭，看著裡面的兩具屍體，青年女子跪在地上放聲痛哭。

中年美婦看著身首異處的中年人屍體說道：「這一次的事情，有妳二叔的咎由自取，但是血仇終究是血仇，不能因為他占理就這樣算了。紫婷，妳仔細回憶，那個人的特徵是什麼，我們去千尋密會尋找線索，此地距離千尋密會所在地很近，我懷疑兇手和千尋密會有淵源。」

被稱為紫婷的青年女子說道：「十六七歲的樣子，穿著灰色道袍，頭髮亂糟糟，彷彿是一個野人。」

中年美婦皺眉說道：「他沒說自己的名字？」

紫婷說道：「二叔是想把他逼出來審問，結果他施展了匪夷所思的手段，直接從洞窟中竄出來，用兩道火焰把二叔殺死，然後搶下二叔的飛劍殺了我堂哥。」

中年美婦說道：「出手如此乾脆俐落，而且我二哥事先沒有任何防備，或許是築基期巔峰，不可能是金丹期的真人。如果是金丹真人，就不至於使用如此鬼祟的手段，走，去千尋密會。」

搜尋的人也彙聚過來，葉御習慣了使用錨定長行來掩飾走過的痕跡，這些人搜尋了半天，硬是沒找到葉御從哪個方向離開。

十幾個人的隊伍向著千尋密會所在地迅速前進，當他們來到千尋密會所在的地方，這裡已經聚集數百個修道人，這還是能看到的修道人，山洞中肯定還有更多人。

中年美婦昂然走在前面，接近人群的時候，有人熱情打招呼說道：「方醒道友，久違了。」

中年美婦稽手說道：「原來是浮游子道友，不知道千尋密會的主事者何在，小妹的二哥與侄兒被歹人謀害，現在急於找到兇手的線索。」

浮游子大驚失色說道：「你二哥被殺了？誰這麼大的膽子？我還真認識寒遠

道友，隨我來。」

浮游子地頭熟，不是一次來到千尋密會，當浮游子帶著方醒一行人進入山腹中，寒遠正在與幾個道人低語。

浮游子大聲說道：「寒遠道友，我給你引薦一下，這位是鐵城方家的方醒道友，她二哥被人謀害，希望通過千尋密會尋找線索。」

方醒對寒遠稽手，墨韻帶著石青靈從另一個方向走過來，寒遠說道：「事發地在哪裡？兇手是什麼來路？」

方醒拉過哭紅眼睛的紫婷說道：「我侄女，方紫婷見到了兇手，是一個穿著灰色道袍的少年。」

附近有人投來目光，方醒看到有幾個人熱切湊過來，浮游子拍著大腿說道：「他施展的是不是火系道法？」

方醒看著方紫婷，方紫婷遲疑點頭，浮游子說道：「闕月門也在找這個傢伙，據說他從礦場的地下洞府盜走了寶物。」

方醒大驚，從闕月門手中盜寶的傢伙，怪不得二哥不是對手。

湊過來的那幾個人中，一個眼神閃爍的老者說道：「方道友，兇手行兇的地方在哪裡？我們願意幫助方家主持公道。」

石青靈不動聲色地看著寒遠，寒遠面無表情，葉御不可能隨意殺人，這裡面肯定有問題。

墨韻看著寒遠，不用問，穿著灰色道袍的少年，使用的還是火系道法，最大的可能就是葉御。

墨韻聲音平和說道：「方道友，你們是何時遇到那個人，為何結怨？」

方醒說道：「三天前，我二哥帶著侄兒侄女途經，中途遭到了那個人的截殺。」

墨韻看著方紫婷，說道：「是這樣？」

方紫婷低頭看著腳尖，明眼人看出來了，情況不是方醒所說的那樣，墨韻說道：「妳說詳細些，我們才好辨別情況。」

方醒說道：「妳質疑我們方家人的說法？」

墨韻說道：「談不上質疑，我想知道為何那個人殺了妳的二哥，卻放過了妳的侄女。」

石青靈說道：「師叔，不要問了，萬一石姑娘被歹徒見色起意，不方便說呢。」

石青靈看似好心勸阻，實則扣了一個噁心的屎盆子，一個年輕靚麗的女修，她實力更強的二叔與堂哥被殺，她卻活了下來，問題出在哪？

你們方家不是不說實話嗎？那好，扣一個方家女修被惡徒蹂躪的理由，這就名正言順了。

方紫婷漲紅臉，說道：「不是你想的那樣，我二叔聽到有人修煉的聲音，帶著我們靠近一個洞府，當時我勸說二叔離開，我二叔……」

方醒厲聲喝道：「閉嘴。」

寒遠這才彷彿睡醒了一樣說道：「原來是這樣，怪不得姑娘能夠倖免遇難。」

人群中有人說道：「韓道友，似乎千尋密會年前收了一個能夠化作火焰逼近敵人的少年，聽著很像啊。」

方醒的目光投向了寒遠，寒遠淡定看著人群，人群自動分開，露出那個試圖欺負葉御，卻被葉御用膝蓋撞破臉的老者，老者還被葉御搜走了幾本道書。

老者心中怨恨已久，只是沒機會向闕月門舉報，方家來尋找兇手，老者躲在人群後出聲，沒想到寒遠比他想像中實力強，直接鎖定了聲音的來處。

方醒冷笑說道：「原來蛇鼠一窩，怪不得如此庇護。」

寒遠呵呵笑笑說道：「方道友，我聽說過你，據說妳嫁入了烈隱宗，成為了宗主的如夫人。」

方醒冷厲看著寒遠說道：「是又如何？現在我代表方家，你們必須交出兇手。」

寒遠說道：「吃定我了？」

方醒說道：「就是如此，不交出兇手，千尋密會就不要維持下去了。」

墨韻說道：「師兄，礦場傳來消息，元嬰大戰，幾乎是兩敗俱傷。」

寒遠說道：「原來是這樣。」

彷彿是口頭禪，方醒說道：「不要轉移話題，兇手在哪裡？我要把他碎屍萬段。」

寒遠說道：「你二哥對那個人圖謀不利，劫掠不成反被殺，你侄女因為說了公道話，就避免了殺身之禍。在場的道友聽著，孰是孰非？」

方醒說道：「一介散修，在這裡和我耍嘴皮子？」

寒遠猝然出現在方醒面前，左手扣住方醒的脖子，右手大嘴巴抽下去，方醒被抽蒙了，她想要放出飛劍，寒遠抓住彈出來飛劍劍柄，把利刃架在方醒的脖子上說道：「潑婦，妳在挑戰我的容忍底線？」

方家和烈隱宗的人同時放出飛劍，山壁開鑿出來的洞窟中，一道道強橫的氣息迸發。

墨韻說道：「諸位師叔師伯與長老，是時候行動了。」

寒遠鬆開方醒，把她推到遠方說道：「這件事情是非曲直大家聽得清楚，小小的烈隱宗，還沒看在我們蒼龍宗的眼裡。」

「殺妳二哥的人，或許是我很賞識的一個晚輩，今天我不殺妳，畢竟這裡是千尋密會，在這裡不許肆意妄為。滾出去，離開了千尋密會所在地，我就不會講情面。」

「還有你，在千尋密會允許你賣書，你還真以為成為老資格了？如果你真很有才華，千尋密會早就接納你了，從此別讓我再看到你，否則殺無赦。」

賣書的老者灰頭土臉，倉皇向外飛奔，寒遠發作了，這不是威脅，而是在外面遇到寒遠，有可能真的會丟掉性命。

寒遠看著方紫婷說道：「方姑娘，妳憑良心說，那個人做錯了？」

方紫婷低頭，說道：「我二叔錯了，那個人沒有為難我，而是讓我離開。我是想給二叔和堂哥收屍，姑姑非要找兇手。」

伏波說道：「師弟，為了一個外人耽擱時間，真的好嗎？我徒弟被人重創，這輩子廢了，也沒見你主持公道。」

青禾的頸椎骨不是被打斷，而是粉碎性骨折，再好的靈丹也無濟於事，除非是不惜代價，尋找真正的頂尖高手救治，可惜蒼龍宗不可能為了一個煉氣期的弟子付出這麼大的代價。

伏波心中怨怒，青禾回來後控訴石青靈見死不救，把他丟在寒冷的雪地中等死，足足耗費了幾個時辰才把消息帶給伏波。伏波甚至懷疑孟白鹿是石青靈勾引而來，當然這話沒證據，說出來反倒讓人笑話。

伏波把寒遠也怨在其中，我徒弟被人打殘了，你不聞不問，卻對玉散人那個少年如此關心，非要當眾給他洗白，你的屁股坐歪了。

一個個早就暗中來到此地的蒼龍宗修士列隊，那些散修們大氣也不敢出，原來寒遠竟然是蒼龍宗的修士，有根腳的正統修士，而不是他自己說的散修。

蒼龍宗的大軍御劍飛行，看上去浩浩蕩蕩，比不上闕月門與大正門，蒼龍宗依然不是散修所能覬覦的強大宗門。

從寒遠夫婦冒充散修組建千尋密會，就可以看出蒼龍宗野心勃勃，天知道蒼龍宗別的地方還有沒有後手？

闕月門與大正門拼得你死我活，圖謀已久的蒼龍宗公然登場，土崛宗的礦場這是要引發真正的腥風血雨。

方醒揉著火辣辣的臉頰，咬牙說道：「我們也走，去尋找闕月門。」

兇手是闕月門尋找的目標，方醒決定賣了這個消息，不為了賺錢，就為了洩氣。

葉御化身小老鼠，躲在深達十幾丈的地下，每天拓展穴道、煉製法器的部件、修行鐵煉真經、複習十八路鷹爪手與破風刀法。

沒有寂寞可言，葉御每天過得充實，一個個穴道打通，全身堅韌如牛皮鼓，一個個精巧的部件也打造出來，聚沙成塔，集腋成裘。

寒遠是讓葉御打發時間，而葉御偏偏樂在其中，不但沒想過投機取巧，反而精益求精。

正常來說，煉器宗門煉製的法器，能應付了事的地方必然敷衍了事，用這種方法煉製的法器，外表做得精美一些，足以矇騙著賣出去。

葉御對自己的手藝沒信心，唯恐做得不好，而且他是把珍貴的陽焰精金融入其中，可以說葉御煉製的這件法器，底子就不是尋常的法器所能比擬。

再加上一次次不滿意的返工，葉御雖然沒有什麼功底，卻因為足夠的認真謹慎，正在製造出真正的精品。

這一次選擇的閉關場所足夠隱蔽，而且煉體的時候選擇夜深的時候，避免拍打聲引來覬覦的敵人。

天熾心經的三種秘技關鍵在於這件斗笠形狀的寶物，因此三種秘技掌握了，卻因為沒有合適的寶物而無法施展。不如烈焰長行和火焰刀，火焰刀不需要借助法寶就能施展，而且烈焰長行與《天火魅影》中的殘缺秘技組合為錨定長行。

修行無歲，野路子的散修也有自己的樂趣，礦場的殺戮紛爭與葉御無關，當然葉御也沒資格參與到這種神仙打架中。

盛夏來臨，地下的洞窟涼爽，葉御哼著小曲坐在簡陋的木頭椅子上，耐心組合多達數百個部件的特殊斗笠。

火系大修量身定做的法寶和飛劍才能添加少許的陽焰精金，葉御則是奢侈地在煉製過程中，添加了一斤多的陽焰精金。

葉御不知道一斤的陽焰精金價值幾何，如果他知道真實的價格，絕對不可能如此的敗家。

親自使用火系真氣煉化的金屬，親手打造的各種部件，真正組合的時候幾乎沒有遲疑，一個個不同的部件拼接在一起。

當一個色彩斑斕的斗笠完全組合起來，葉御試探著注入真氣，下一刻斗笠上迸發出絢麗的烈火，同時斗笠邊緣彈出一個個鋒利的刀尖，組成了一圈刀輪。

葉御揮手，斗笠化作的刀輪席捲著烈焰射出去，隨著真氣的牽引，斗笠旋轉著回到葉御手中。

葉御心頭一動，斗笠向內收縮化作了一根短棍，當葉御手持短棍向前指去，一道高度凝結的火焰射出去，在堅硬的岩石上打出了一個深深的孔洞。

葉御翻腕，短棍化作了暴風驟雨，一根根利箭從短棍中射出去，發出輕微的聲音貫穿石壁。

葉御大驚，過癮是過癮了，但是摳出來太麻煩了，葉御的真氣和念力收回，旋即看到沒入石壁的金屬利箭艱難地從石壁小洞中退出來，自動回到了短棍中。

短棍舒張，重新化作了斗笠，葉御發出無法遏制的大笑聲，不枉費了幾個月的心血，這件斗笠形狀的法器，三種能力極大增強了葉御的戰鬥能力。

值！

第五章

煉氣巔峰

第一次煉器，還是如此複雜的法器，其中還添加了一斤左右的陽焰精金，威力超乎想像。這是火系的法器，有三種契合的秘技，沒辦法形容葉御心中的歡喜。

幾個月來，葉御第一次解開亂糟糟的髮髻，在自製的木盆中清洗頭髮，隨著火系真氣蒸騰，頭髮迅速驅散了水氣。

葉御耐心給自己挽上髮髻，把天熾斗笠戴在頭上，依靠天熾心經煉製出來的斗笠，自然要命名為天熾斗笠。

前所未有的安全感，方家中年人的長劍材質極佳，只是似乎不契合葉御的火系真氣，畢竟是築基期道人的飛劍，應該契合中年人的真氣與劍訣。這種飛劍搶到手也沒有太大的意義，主要是不適用，而且沒辦法前往千尋密會，也就沒機會變現。

還是自己煉製的飛劍和短柄斧好用，那是葉御自己使用飛鳥劍訣，並使用火系真氣反覆淬煉的武器。

葉御沒有離開，而是繼續苟在這個地下的洞穴淡定修行，涉及穴道最多的足太陽膀胱經，左右各六十七個穴道，加起來一百三十四個之多。

這也是葉御放在最後面的一條正經，也是唯一沒有全部打通的正經，隨著一條條正經的完全開啟，葉御的氣海也在不斷壯大，最初的氣海只有嬰兒拳頭大小，現在已經如同一個大碗公，還是大號的那種。

還有三十二個穴道，六天多一些的時間，就足以達成十二正經貫通的小周天，年前得到《御火真經》，幾個月的時間而已，葉御已經幾乎打通了十二正經的全部穴道。

葉御這個野生的散修太多的不解之處，也不知道除非是頂尖的傳世宗門，否則沒有哪個散修會走上打通全部穴道的艱難修行路。

幾天才能打通一個穴道，這個速度指的是有充足的靈氣，還有靈丹的輔佐，才能作到幾天時間打通一個穴道。

寒遠不理解葉御為何能夠不借助靈玉，就一次次耗費真氣修煉秘技，因為沒有靈氣的地方，還沒有靈玉或者靈丹可用，葉御的真氣如何補充？

按照葉御的方式，那就要打通全部的六百一十八個穴道，尋常的宗門沒可能如此奢侈，給門內弟子提供靈地，還提供靈丹放手去修行。

事實上不要說散修，就算是蒼龍宗這樣的大宗，煉氣期的弟子也沒資格在靈地修行，輔助修行的靈丹也是限量分發。這就導致正常的煉氣期，平均十天左右才能打通一個穴道，散修的日子艱難，打通穴道的速度更慢。

若是十天打通一個穴道，六百一十八個穴道就需要六千一百八十天，將近十七年的時間，如此漫長的歲月會把許多人的心氣熬沒了。

尤其是越是傳承久遠的宗門，弟子獲取靈丹，在靈地修行的門檻越高，想要在靈氣充足的靈地修行？那得對宗門做出貢獻。

各種零散的任務就是對門下弟子的篩選過程，而不是進入宗門，從此心無旁騖地苦修就可以。

因此這就有了五花八門的煉氣秘法，核心原因就是跳過許多不重要的穴道，目的是迅速開啟十二正經，用急功近利的方式換取境界的提升。

這也是為何鐵煉真經要求打通三百個穴道，就算是大成。因為十二正經的三百個穴道打通，就算是合格的煉氣士，打通的穴道少於這個數量，註定沒有踏入築基期的資格。

石青靈瞧不上伏波的兩個弟子，因為石青靈走的就是正統的修行路，她的目標是打通四百八十個穴道，這條路註定艱難。

伏波的兩個弟子是採用相對簡單的三百穴道修行秘法，饒是如此，修行速度也極為艱難，這種廢材還敢恬不知恥地黏著石青靈，讓石青靈覺得噁心。

如果石青靈願意走三百穴道的簡易修行路，她早就達到煉氣巔峰了，因為目標高遠，葉御第一次見到石青靈的時候，石青靈才停留在煉氣十層樓半，現在已經踏入煉氣十一樓。

葉御要求不高，先達到十二正經徹底貫通的小周天就行，至於未來？未來再說唄。

天熾斗笠這件自己煉製的法器越來越得心應手，每天葉御依然是過得充實而簡單，一次次熟悉天熾斗笠的三種秘技，同時拆解重組十八路鷹爪手，太多冗餘的招式沒這個必要。

葉御是野路子，想法自然很野，打通穴道、淬煉體魄、熟悉天熾斗笠，然後就是精簡十八路鷹爪手，並嘗試把真氣貫穿到雙手，從而擁有撕碎岩石的威力。

鐵煉真經要求反覆鍛打已經開啟的穴道，要求不高，三百個穴道就算是大成，葉御的目標高遠，他現在已經即將打通全部的六百一十八個穴道。

也就是說全身的穴道皆需要按照鐵煉真經的心法去拍打，自然也包括了雙手的十指，甚至包括了頭顱。

最疼的就是拍打手指和頭顱，十指連心，而拍打頭部的時候，更是疼得眼冒金星。

很疼，好處也立竿見影，葉御催動真氣的時候，堅硬的岩石會被他隨手捏碎，僅僅是依靠強橫的體魄，葉御也不是尋常的煉氣士所能抗衡。

沒有天工經的基礎，貿然修行鐵煉真經，真的會把人疼死，求遊也買過《鐵煉真經》，結果錢白花了，沒有一定的基礎沒辦法修行鐵煉真經。

作為一個散修，時間也很寶貴，需要尋覓各種機緣，還得使用水磨工夫打通穴道，自然沒精力從基礎的煉體開始。

葉御修煉了八年的天工經，這種坑人的秘法不是邪門歪道，的確是正統的秘法，可惜是煉體的秘法，可以增強體魄與力量。別的礦工知道土崛宗是在坑人，他們自然懶得繼續修煉這種功法，葉御則是堅持不輟，八年的時間，心中有怨氣，依然每天持之以恆。

八年苦修天工經打下的雄厚基礎，才有了修行鐵煉真經的資質，而拍打全身穴道，則意味著葉御把全身打造得沒有死角。

一場暴雨突如其來，深藏地下的洞穴中傳來悠長的長嘯，最後一個穴道打通，全身十二正經的六百一十八個穴道組成了一個大循環，小周天達成。

葉御不知道小周天貫通的好處，當真氣從氣海噴發出來，沿著十二正經流轉走了一圈，他忍不住仰頭發出雄渾的長嘯。

全身被反覆鍛打，體魄幾乎是隨著經脈的開啟而同步成長，小周天打通，葉御的長嘯如同海潮源源不斷。

真氣生生不息，葉御第一次知道了煉氣大成的好處，長嘯聲是忍不住迸發，胸腹間無限的暢快。

灰黑色的黏稠汙垢在長嘯聲中，從全身的毛孔沁出來，煉氣大成，打通的穴道越多，好處越大，這個訣竅沒人對葉御講。

寒遠也想不到一個散修能夠如此妖孽，憑藉淺藏在肝臟的灼熱氣流，硬是支撐葉御打通了全身的十二正經，以及六百一十八個穴道。

潛藏在肝臟中，生生不息的灼熱氣流湧動，下一刻化作了熾烈的火焰籠罩了葉御。

葉御得到了《御火真經》，他憑藉本能從足闕陰肝經入手，為的就是汲取淺藏在肝臟的灼熱氣流。

那顆用來保護洞府的寶石，裡面是絕殺的陷阱，卻因為自動汲取天地靈氣的力量而變異為靈火。因為葉御修煉八年的天工經，有了足夠的強悍體魄，還沒有修行的基礎，靈火才沒有毀滅葉御，反而自動進入肝臟。

任何一個環節出現差錯，葉御的下場就是引火自焚，葉御無師自通，一步步牽引靈火的力量，從而一天五個穴道的高歌猛進，幾個月的時間，達到了豪門嫡系子弟也不敢奢望的六百一十八個穴道全部打通。

此刻煉氣巔峰，小周天打通，在葉御的氣機牽引下，藏在肝臟的靈火第一次主動釋放出來。

葉御就算是再沒有見識，也明白了藏在肝臟的灼熱氣流絕不尋常，這是葉御妖孽成長的根源，也是不可想像的曠世奇緣。

幽暗的地下洞穴，因為靈火主動釋放出來而亮如白晝，也因為深藏地下，才沒有讓靈火被外界察覺。

對火焰刀的感悟，似乎更上一層樓了，葉御的長嘯結束，隨手對著石壁斬過去，一柄火焰凝結而成的彎刀斬在石壁上，石壁出現了一道長達半丈的深深刀痕。

靈火攢動，葉御如同火焰組成，任何人看到這一幕，也不敢相信這是一個煉氣期的煉氣士。

隨著葉御的吐納，靈火緩緩回到了肝臟，這一次葉御清楚感知到了自己的肝臟有一團烈焰，隨著真氣的行走而脈動。

可以出關了，葉御整理好物品，戴上天熾斗笠在暴雨中走向千尋密會的所在地。

暢快，雨滴落在身上，生生不息的真氣煞那把雨滴霧化，讓葉御看上去如同籠罩在雲霧中。

來到了石青靈約定的樹洞附近，葉御下意識走過去，樹洞中有一封信，還有一件疊起來的白色道袍。

葉御用身體擋住樹洞不讓暴雨傾瀉進來，他面對著樹洞打開信，裡面是娟秀的字跡：小玉，看到這封信，證明外人沒看到，我們已經前往礦場，那裡異常兇險，你不要莽撞，這件道袍是師叔給你準備。和小狗一樣苟起來，不寒磣。

為了防範萬一有人發現樹洞，石青靈沒有落款，也沒提葉御的名字，而是截取了玉散人的第一個字，稱之為小玉。

葉御眼眸浮現出笑容，小狗一樣的苟起來？是的，我也想苟起來，但是我很牽掛你們啊，礦場，我來了。

葉御脫下來自不知名大修的灰色道袍放入儲物袋，果斷換上了白色道袍，不再是來歷不明的灰袍少年，而是戴著色彩斑斕的天熾斗笠，白衣如雪。

背著長劍，袖子裡藏著短柄斧，葉御向著礦場的方向，在暴雨中孤單走過去，煉氣期沒辦法御劍飛行，只能御劍戰鬥。

葉御把帶出來的肉乾塞進嘴裡慢慢嚼著，沒鹽沒作料，肉乾很難吃，這卻是葉御幾個月來的唯一食物。

勉強填飽了肚子，葉御彈指，長劍從劍鞘中飛出來，圍繞著葉御靈動旋轉飛行。

學會了飛鳥劍訣，葉御也不喜歡御劍，主要是真氣不夠用，勉強驅使飛劍還不如貼臉開大。

現在煉氣大成，真氣生生不息，而且肝臟的靈火主動啟動，葉御終於可以輕鬆駕馭飛劍施展飛劍術。

飛鳥劍訣主打飛劍靈動如飛鳥，操控的技巧比較難，在苟起來的地下洞窟，飛劍沒有太多的施展空間，現在可以如鳥入叢林般放肆。

如果不是灰色道袍加上火系道法，成為了標配，導致仇人可能按圖索驥，葉御不會換上風騷的白色道袍。

這件從地下密室撿來的灰色道袍，在葉御煉氣大成之後，隱隱看出了不俗，有非常隱晦的寶光迸發，極其微弱的那種，不是日夜穿在身上就不可能發現異常。

這件灰色道袍是寶物，只是礙於葉御實力不濟，沒辦法煉化，沒辦法煉化？葉御停下腳步，自己從來沒有想過煉化道袍才對吧。

暴雨越來越急驟，葉御想了想，還是放棄了停下來煉化灰色道袍的想法，先去礦場看看能不能給寒遠他們幫忙。

一個儲物袋藏在內衣中，另一個儲物袋掛在腰間，陽焰精金還有《御火真經》還有灰色道袍藏在內衣的儲物袋中，腰間掛著的儲物袋就是樣子貨，裡面放著一些零碎的材料，還有幾本道書。

夜色來臨，葉御再次看到了曾經無比熟悉的礦場，在這裡，葉御當了四年的礦工，也是他迎來此生最大機緣的福地。

看到了礦場，也看到了一個個不知道來頭的修道人，葉御沒有向人多的地方靠近，而是躲在遠方尋覓寒遠他們的蹤跡。

人太多了，礦場周圍的小山頭被一群群修道人霸佔，隱隱形成了許多勢力，太多的道人，煉氣士相對少得多。

煉氣大成，葉御的眼力提升了許多，遠遠看到那些人體內的靈光，葉御就能精準看出他們的境界。

葉御繞著礦場轉悠，當他看到一群絕大部分是煉氣士，而且這些人相對保持著安全距離的時候，葉御相信這是一群散修的隊伍。

葉御警惕地走過去，那群散修也警惕看著這個戴著斗笠的白衣少年，葉御釋放出一絲真氣，讓他們知道自己是修道人。

人群中各種警惕提防的眼神，葉御笑呵呵說道：「諸位前輩好，晚輩散修玉散人，過來見見世面。」

一個三十左右歲的男子說道：「這裡不歡迎來歷不明的人。」

只有他一個人開口，葉御目光掃過，淡定走過去說道：「晚輩過來只是打聽消息，有沒有人沒看到蒼龍宗的隊伍？」

男子笑出聲說道：「蒼龍宗？快死光了，你不是散修，是蒼龍宗的修士吧？」

葉御說道：「可不敢冒充，就是散修，蒼龍宗快死光了？」

一個老者說道：「準備在闕月門和大正門的眼皮子底下立山頭，他們不倒楣誰倒楣？離開這裡吧，我們是準備揀點殘羹剩飯的散修，你別牽連我們。」

這是認定了葉御是蒼龍宗的人，那個三十左右歲的男子說道：「走？先別走了，抓住蒼龍宗的修士，說不定能夠在闕月門那裡換來獎勵。」

各種同情與嘲諷的目光看著葉御，葉御笑笑說道：「同樣是散修，何必自相殘殺呢。」

男子越發底氣十足，看著就面嫩，看著就好欺負，男子緩緩走向葉御說道：「宗門弟子，不要臉的冒充散修，現在還有什麼話說？」

葉御說道：「這位大哥，小弟孤苦伶仃，你何必咄咄逼人呢。」

男子來到葉御面前說道：「修理的就是你這種逼人，蒼龍宗的餘孽，跪。」

葉御身體一晃，左腳踹在男子的小腿上，骨折聲響起的同時，葉御一拳打在男子的肋骨上。

男子張嘴噴血，葉御側身避開，扣住男子的後脖頸說道：「給你臉，你接不住啊。大哥，就這實力也敢欺負人？」

男子掙扎，葉御手指用力，男子果斷跪下去，這個戴著斗笠的少年手勁太大，如果不跪下去，有可能頸椎骨會被捏斷。

男子跪在地上說道：「我知道蒼龍宗的人去了哪裡，前輩，給條活路。」

葉御鬆開手，男子雙手準備撐地擺出重新站起來的姿勢，當他的手伸出袖子的霎那，一道火線從他指尖飛出來。

如果這個男子使用的是別的法器偷襲，或許葉御無法察覺，但是這個男子是火系修士，他使用的也是火系法器，葉御有本能般的感應。

火線陰損射向葉御的氣海，葉御左手兩根手指靈動夾住火線，火線消失，葉御兩根手指間夾著一把精巧的飛鏢。

葉御笑笑，飛鏢直接插入男子的太陽穴，葉御根本沒有施展道法，也沒有驅動飛劍，完全是依靠恐怖的搏殺技巧絕殺這個男子。

男子的幾個夥伴原本想要衝過來，看到葉御心狠手辣，直接用飛鏢貫穿了男子的太陽穴，他們果斷止步，彷彿從來不認識這個死者。

葉御嫻熟在男子身上搜了一遍，把男子的儲物袋掛在了自己的腰上說道：「方才幾位大哥似乎對我有出手的興致，來嘛。」

這幾個人驚恐向後退，踹斷男子的小腿，打斷他的肋骨，這還可以用體魄強橫來解釋，葉御兩根手指夾住偷襲的飛鏢，這就只能用驚恐來形容。

葉御對一個尖嘴猴腮的男子勾勾手指，有這個心思，那得付出行動啊。

尖嘴猴腮的男子絕望左右看，他的同伴繼續向後退，方才提醒葉御的老者也在退，他是真正的孤身一人，沒想到死去的傢伙準備對這個少年下手，少年走了，死者的同伴肯定會遷怒老者，縱然不怕，終究是麻煩。

老者想了想，說道：「他們幾個是一夥的，我是真的知道蒼龍宗剩下的人去了哪裡。」

尖嘴猴腮的男子揚手，十幾道散發出冰冷寒氣的飛針射向葉御喊道：「聯手幹了他。」

葉御摘下天熾斗笠，烈焰迸發，天熾斗笠的周圍彈出刀尖，化作刀輪的天熾斗笠掀飛了襲來的寒光，徑直從尖嘴猴腮的男子胸膛穿過。

葉御抄出短柄斧把剩下的幾根飛針磕飛，天熾斗笠發出呼嘯聲旋轉衝向另外幾個人，天熾斗笠是葉御親自煉製，操縱天熾斗笠比指揮飛劍更加的靈動。

看熱鬧的散修紛紛退開，看著這個自稱玉散人的白衣少年絕殺了這幾個人，葉御走過去，在血泊中撿起幾個儲物袋，隨手把一個儲物袋丟給老者說道：「勞煩前輩帶路。」

老者沒想到還有意外之財，他歡喜說道：「這怎麼好意思，太貴重了。」

葉御伸手，天熾斗笠旋轉著飛回來，滴血不沾，葉御把天熾斗笠重新戴在頭上說道：「你看到了，這東西要多少有多少。」

老者掌心滿是冷汗，這個少年有些殺人不眨眼啊，莫非是強者冒充？不應該啊，真是強者的話，還需要向散修打聽蒼龍宗的線索？

老者把儲物袋收起來說道：「這邊走，前些日子蒼龍宗拉攏了不少宗門，看起來頗有局面，結果惡戰的闕月門和大正門忽然聯手，擺明了要剷除外來的威脅，然後繼續爭奪礦場深處的上古洞府。」

葉御說道：「蒼龍宗損失慘重？」

老者說道：「相當慘烈，兩大豪門盯著蒼龍宗下死手，他們很清楚把蒼龍宗打得傷筋動骨，別的宗門就不敢挑頭。」

葉御沉默，很是擔心寒遠夫婦和石青靈，遠離了人群，老者低聲說道：「打歸打，闕月門和大正門也不敢把窺視的宗門世家和散修全殺光。誰也不能一手遮天，真的搞到天怒人怨，兩大豪門也得考慮後果，據說上古洞府裡面還有特殊的危機，所以散修或許也有機會進入其中尋寶。」

葉御轉頭看著老者說道：「為何？闕月門和大正門聯手，誰能惹得起他們？」

老者嘿嘿一笑說道：「我的消息很特殊，看你出手闊氣，我才對你說。」

葉御直接把另一個儲物袋丟給老者，一群實力不咋地的散修，儲物袋不會有什麼好東西。

老者接過儲物袋說道：「這成什麼事了，你看你，這怎麼好意思。」

葉御說道：「您老人家好心提醒我，我記得這份情誼，多說一些，讓晚輩開開眼界。」

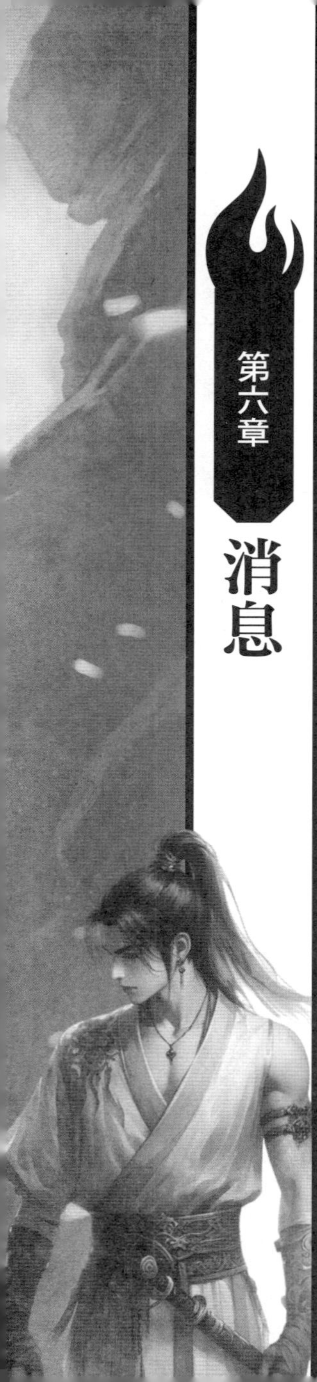

第六章

消息

老者非常坦然地把儲物袋收起來，這才說道：「聽說礦場地下的上古洞府，有相當可怕的禁制，闕月門三個金丹真人聯手探索，全部被禁制滅殺，導致壓陣的元嬰老怪直接嚇退。這個消息被壓制了，闕月門不想只有自己吃虧，輪到大正門出手的時候，五個金丹真人發現危機逃竄，就在入口處被禁制絕殺，這一次許多人看到了，消息也就遮掩不住了。」

葉御汗毛倒豎，上古洞府如此兇險的嗎？

老者幸災樂禍說道：「聽說築基期之下進入才能安全探索，但是上古洞府裡面出現了許多邪門的存在，沒有足夠的手段，就會被那些看似鬼魂又彷彿是器靈的存在殺死。」

葉御放緩腳步說道：「所以這就是你老人家說的，散修也有機會進入上古洞府尋寶？」

老者說道：「拿自家弟子的命去探索，莫不如讓小宗門的成員或者散修去尋寶，闕月門和大正門看著入口，到時候收割，豈不是安全且沒風險？這邊走，蒼龍宗遭到了重創，卻不死心，因此在這裡聚集等待機會，我不送你過去了，和他們不熟。」

摸不清葉御和蒼龍宗的關係，老者得到了兩個儲物袋已經心滿意足，萬一這個自稱玉散人的少年和蒼龍宗有仇怨呢，這種事情可說不準。

葉御深吸一口氣，向著老者指點的密林走去，向前行進了幾百丈的距離，林中有人喝道：「來者止步。」

葉御停下腳步說道：「散修玉散人，求見寒遠前輩。」

林中人說道：「千尋密會的成員？」

葉御說道：「正是。」

有人快速進入林中送信，一盞茶的時間之後，寒遠、墨韻和石青靈連袂走出來。看到斗笠遮蔽臉頰的葉御，寒遠抬手，墨韻和石青靈腳步放緩，葉御摘下天熾斗笠，對寒遠欠身行禮。

寒遠發出大笑聲說道：「還真是你這個孩子，斗笠煉成了？」

葉御說道：「耗費了幾個月的時間，天熾斗笠煉製成功，我就出來尋找韓叔。」

寒遠說道：「這邊走，你不該來到這裡。」

伏波的聲音響起道：「為何不該來這裡？師弟，現在宗門急需人才助陣，玉散人戰力如此強橫，不正好用來填充宗門的需求嗎？」

寒遠沉下臉，填充宗門的需求？你是讓葉御去送死吧，寒遠說道：「師兄，玉散人和我交情不一般，他還是個孩子。」

伏波說道：「學會了飛鳥劍訣，還煉製了天熾斗笠，交情的確不一般。天熾心經也是你送給他的吧？否則一個沒根腳的散修，憑什麼得到這種絕學？」

寒遠說道：「飛鳥劍訣是小弟意外獲得，上交宗門後留有自行傳承的資格，至於天熾心經，那是小弟自己出錢換購而來，與宗門無關。」

伏波陰沉著臉來到寒遠身邊說道：「伏遠師弟，你不是蒼龍宗的弟子？身為蒼龍宗的一員，你拉攏培養的幫手，不應該為蒼龍宗效力？」

墨韻說道：「師兄，你的徒弟一死一廢，和我們夫婦無關，更與玉散人無關，你借刀殺人的手法是不是太明顯了？」

葉御略一思索，青禾被孟白鹿敲碎了頸椎骨，難道青器被人殺了？死的好，大快人心。

密林中一個男子聲音響起道：「既然是寒遠引進的人才，可以破格錄用。」

這就是拍板了，寒遠眼中閃過陰霾，葉御說道：「能夠給韓叔幫忙，晚輩心甘情願。」

寒遠說道：「現在局面有些詭譎，你實力低微，一切小心。」

伏波說道：「尺有所短，寸有所長。」

寒遠轉頭看著伏波說道：「師兄，小弟改日向你請教。」

伏波被寒遠的眼神嚇了一跳，他冷笑一聲說道：「可笑，我一心為了宗門著想，做錯了什麼？」

寒遠靜默看著伏波，給你臉了，你一次次的給臉不要。

伏波轉身就走，寒遠轉身看著葉御，葉御說道：「聽說蒼龍宗遭遇闕月門和大正門的聯手攻擊，而且地下的上古洞府裡面有邪門的存在，還有就是上古洞府有禁制，築基期之下的修士才能進入。」

寒遠愣了一下，你從哪打聽到的這麼多消息？蒼龍宗還以為得到的消息屬於機密呢，結果你張嘴就說出來了。

林中的男子聲音響起道：「消息從何而來？」

葉御說道：「給我帶路的一個老前輩講述，真假還不得而知。」

寒遠說道：「消息是真的，難道這個消息已經路人皆知？你付出了什麼代價才得到這麼重大的消息？」

寒遠不動聲色眨了眨眼睛，葉御說道：「兩個儲物袋，裡面裝著我的全部家底，否則帶路的老前輩不會送我過來，也不會告訴我如此重大的消息。」

寒遠一臉沉痛表情說道：「代價太大了。」

墨韻也說道：「為了尋找我們，付出這麼大的代價，這可如何是好？那個老前輩還說了別的吧？」

寒遠咳嗽一聲，墨韻說道：「我們去那邊說。」

林中一道劍光衝出來，一個五縷長鬚的男子御劍飛來，葉御瞄了一眼，第一時間低頭，這個男子小腹猶如有一輪驕陽，這必然是金丹真人。

寒遠和墨韻同時稽手說道：「藍江師叔。」

藍江收起飛劍看著葉御說道：「添加了陽焰精金的法器，伏遠，你對他真不錯啊。」

寒遠忍不住看了葉御的天熾斗笠一眼，添加了陽焰精金？誰給他的？是了，葉御是從礦場逃出來的礦工，他極有可能早就發現了陽焰精金的秘密。

葉御輕聲說道：「韓叔待我如同子侄，我承受了不少的好處。」

藍江說道：「帶路的修士對你還說了什麼？你欠伏遠的恩情，伏遠則是我蒼龍宗的弟子。」

葉御抬頭，墨韻頷首，葉御說道：「聽說闕月門和大正門或許會放開探索上古洞府的機會，然後他們守著入口盤剝。」

藍江驚訝說道：「消息可靠？」

葉御說道：「那位老前輩隨口一說，我不保證準確，既然見到了韓叔和阿姨，我可以再次找到那個老前輩，詳細打聽。」

藍江說道：「伏遠，玉散人可以當作護法的備選，當他踏入築基期，那就是我蒼龍宗的護法。」

寒遠狂喜，藍江說道：「伏波心胸狹窄，他擠兌你，我看在眼裡。如果他不知進退，我會懲罰，總不能讓你出力還要受氣，蒼龍宗是有規矩的地方。」

寒遠和墨韻同時對藍江躬身行禮，葉御說道：「多謝前輩抬舉，晚輩知道該怎麼做。」

葉御尋找到了蒼龍宗的藏身之處，還帶來了如此重要的消息，尋找寒遠夫婦，代表玉散人重情義，帶來的消息則顯示玉散人門路不俗，竟然弄到了這麼重大的消息。

藍江駕馭飛劍重新進入密林，寒遠深吸一口氣看著葉御，真的煉製出了天熾斗笠，還添加陽焰精金，這孩子是煉器的天才？

葉御雙手把天熾斗笠送到寒遠面前說道：「韓叔，這是給您準備的禮物。」

寒遠說道：「火系的法器你猜我能駕馭嗎？這是你幾個月的心血結晶，日常需要不斷淬煉，這是法寶的胚子。讓青靈給你送去《天熾心經》，沒想過你能煉製成功，是為了讓你打發寂寞的日子而已，既然成了，證明你在煉器方面的天賦。」

「今後，就憑藉這一手絕活，你就能活得相當舒服，不要說添加了陽焰精金，僅僅是天熾斗笠，價值就要兩百靈玉之上。」

葉御睜大眼睛，不添加陽焰精金，天熾斗笠就要價值兩百靈玉之上？這麼值錢的嗎？寒遠新年的壓歲錢也不過是每人四塊靈玉而已，當時石青靈已經笑靨如花，顯然這筆壓歲錢相當可觀。

石青靈輕笑說道：「玉散人今後煉器就能發財了。」

墨韻說道：「我們去那邊坐一坐，明天玉散人繼續去打探消息，消息越多，對你越有利。藍江師叔親口許下了護法備選身份，這就是板上釘釘的事情。」

葉御說道：「那個老前輩比較貪財，有錢就好辦，當然人品也不差，有一個散修針對我的時候，老人家提醒我及時躲避。」

有藍江這個金丹真人坐鎮，寒遠夫婦和石青靈依然稱呼葉御為玉散人，顯然不想讓人知道葉御的根腳。

葉御自然知道輕重，他輕聲講述自己煉製天熾斗笠的過程，卻沒提起自己已經是煉氣巔峰。

幾個月不見，寒遠夫婦的進境有限，石青靈已經打通了第十一條經脈，沒敢盯著石青靈仔細看，如果仔細看，葉御有能力看出石青靈打通了多少個穴道。

墨韻輕聲說道：「煉器高手甚至比煉丹高手更受重視，玉散人憑藉這一手，就足以成為蒼龍宗的外聘供奉，既然藍江師叔許下了備用護法的身份，那更好。玉散人，你說過你出身於潛江府，不知道家裡還有什麼人？」

寒遠讓石青靈在樹洞中留下一封信，信中給葉御安排了承受得起調查的身份，墨韻此刻提起，就是要讓宗門暗中聆聽的高手知道玉散人家世清白，他們夫婦知道，只是沒有上報給宗門而已。

葉御恬淡說道：「家人早就離世了，我是孤身一人。韓叔，你說我依靠煉製天熾斗笠就能活得很不錯？」

寒遠說道：「第一次煉器就成功了，而且是如此複雜的天熾斗笠，足以說明你是煉器的天才，天熾斗笠難在複雜的工序，數百個部件組成的法器，是相當罕見的存在。」

「未來若是有人開口求購，少於兩百塊靈玉免談，而且好不容易弄到的陽焰精金可不算在內，陽焰精金是按錢來計算，一錢陽焰精金價值十塊靈玉，這還得是有門路才能買到。」

一斤等於十六兩，一兩有十錢，葉御飛速計算出自己添加在天熾斗笠中的一斤陽焰精金，我去，僅僅是添加的陽焰精金就高達一千六百靈玉？

石青靈在伏殺的途中問過寒遠，讓葉御偷聽到了赤火銅礦石裡面藏著少量的陽焰精金礦石。寒遠相信葉御這個野生的小傢伙根本不明白陽焰精金的價值，伏波嫉恨，直接戳穿葉御煉製的天熾斗笠添加了陽焰精金，這是巨大的隱患。

蒼龍宗會認為寒遠監守自盜，私下給了葉御一些陽焰精金，原本那應該是全部獻給宗門的重要資源。

寒遠很清楚葉御肯定在礦場撈到了好處，其中就有不少的陽焰精金，這就需要給葉御洗白，免得蒼龍宗盯上葉御，著重提起葉御是煉器的天才，就是要讓蒼龍宗的前輩們知道這個少年散修有潛力，絕對不能殺雞取卵。

墨韻說道：「修士看似耐心十足，事實上不是，境界的提升，伴隨著壽元的增長，涉及到未來能不能跨過修行的大門檻。因此天熾斗笠這種製造複雜的法器沒人願意煉製，你是幾個月的時間，沒有任何人指點就煉製出來，別人做不到的。具體不說了，免得讓宗門的前輩臉上無光。」

石青靈輕聲說道：「煉製天熾斗笠，需要一雙巧手。」

石青靈險些笑出聲，天熾斗笠構造複雜，不要說屬於法器，就算是法寶中也極少有這種數百個部件的存在。

寒遠他們與葉御越走越遠，逐漸來到了僻靜的叢林中，葉御轉身四下看了一圈，目光所及看不到任何靈光存在，也就意味著沒人窺視。

葉御從懷裡取出存放著陽焰精金的儲物袋，寒遠嚴厲的眼神投過去，在葉御把儲物袋重新塞回懷裡，寒遠才說道：「前些日子，闕月門搜尋一個逃走的礦工，有人惡意指向你，如果不是聽你講述自己的出身來歷，我也會懷疑你出身礦場。」

葉御果斷說道：「晚輩家世清白，韓叔可以派人去打聽，晚輩就是在潛江府的一個小縣城長大，家父是個小吏。」

寒遠說道：「我相信，就是你祖傳的火系道法凝事，如果你沒有修煉過，我就可以接納你進入蒼龍宗，可惜蒼龍宗不接受帶藝投師。當然藍江師叔開口了，當你踏入築基期，就可以成為蒼龍宗的護法，不知道你對這個邀請是否感興趣？」

葉御舔舔嘴唇說道：「韓叔，如何踏入築基期？晚輩家傳的秘法不完整，對於煉氣期之後的修行沒有任何秘法。」

寒遠嘆口氣，造化弄人，這麼好的苗子卻只有煉氣期的秘法，最棘手的是蒼龍宗不接受帶藝投師的弟子，最多就是招收護法。

寒遠說道：「煉氣巔峰就可以服用築基丹，打通天地之門，構造大道根基。你是煉氣三樓半，現在應該打通四條正經了。」

葉御低頭，沉默片刻說道：「韓叔，晚輩撒謊了，晚輩已經煉氣大成。」

寒遠張口結舌，煉氣大成？今年你十七歲，煉氣大成？你家祖傳的秘法如此強橫嗎？怪不得你戰力非凡，原來我們見到你的時候你就不是煉氣三樓半。

墨韻說道：「十二正經貫通，你打通了多少個穴道？」

葉御理所當然說道：「自然是打通了所有的穴道。」

石青靈湊到葉御面前，打通了所有的穴道？散修就是沒見識，你是不是沒聽懂或者不懂人體有多少個穴道？

寒遠壓低聲音說道：「已知的所有穴道全部打通？」

葉御驚奇問道：「我只知道十二正經涉及到六百一十八個穴道，難道還有別的穴道？」

野生的散修實在是沒見識，唯恐有自己不知道的穴道被遺漏了，寒遠和墨韻對視，六百一十八個穴道全部打通？這個世界如此瘋狂嗎？

寒遠湊近說道：「六百一十八個穴道全部打通？」

葉御說道：「是啊，不能偷工減料。」

寒遠偷偷吸了一口冷氣說道：「你祖傳的火焰刀施展一下。」

葉御拂袖，一柄火焰凝成的彎刀橫斬，兩棵古樹直接被攔腰斬斷，如此恐怖的威力，寒遠他們毛骨悚然。

這一招霸道絕倫，寒遠也不敢想像自己突然面對煉氣期修士的一記火焰刀是什麼結局。

墨韻嘴唇顫抖，我天，打通六百一十八個穴道的妖孽活生生站在自己面前，這是傳說中的存在。

石青靈已經是很上進的孩子，她選擇的是打通四百八十個穴道的《藏龍經》，而不是打通三百六十個穴道的《龍蛇經》，也不是打通四百二十個穴道的《化龍經》。

三種難度的煉氣秘笈，石青靈選擇了最難的那種，今年石青靈才十九歲，已經是十一樓的煉氣士，也許最多兩年，石青靈就會修煉《藏龍經》達到煉氣巔峰。

蒼龍宗有不成文的說法，修煉《藏龍經》未來踏入築基期的概率最大，而且未來凝結金丹的機會很高。修煉最基礎的《龍蛇經》，就算勉強築基成功，未來的成就也極有限，也許這輩子也沒辦法達到築基期巔峰。

三種基礎秘笈，彼此之間只差六十個穴道，對於葉御來說很簡單，十二天就能搞定，對於蒼龍宗的弟子來說，打通一個穴道的代價太大，更不要說相差六十個之多。

煉氣巔峰施展的火焰刀，寒遠這個身價不俗，實力不菲的築基期道人也施展不出來。葉御這一手讓寒遠他們不得不相信，就是太可惜了，葉御祖傳的秘法只有煉氣期。

寒遠好半天才說道：「不要對人說你打通了六百一十八個穴道，那會惹禍。」

葉御不解，墨韻說道：「闕月門和大正門這樣的頂尖宗門，也沒有打通六百一十八個穴道的弟子，聽說闕月門的天驕，鐵紅塵，也只是打通五百四十個穴道，才能輕鬆踏入築基期，並在築基期橫掃整個闕月門。」

石青靈望天，這個傢伙不是人，你是對我炫耀吧？肯定的，打通六百一十八個穴道然後踏入煉氣巔峰，你比鐵紅塵更牛逼。

寒遠無語看著葉御，葉御訕訕說道：「不是故意隱瞞，而是祖傳的秘法比較強。」

寒遠問道：「下一步呢？你有何打算？」

葉御說道：「想築基。」

寒遠咬牙說道：「我想辦法幫你弄到築基丹，只是你得為蒼龍宗拼命，不是宗門弟子，不，就算是宗門弟子想要得到築基丹，也要立下足夠的功勳。各大門派無一不是如此，築基丹是踏入修行之門的戰略資源，沒有足夠的功勞，宗門憑什麼相信你願意為了宗門奉獻終身？而你是散修，想要得到築基丹就更難。」

葉御說道：「我就知道不容易。」

墨韻說道：「散修們為了築基丹，彼此間的殺戮紛爭簡直讓人不敢相信，幾年前千尋密會出現了一顆丹毒沒有淬煉出來的築基丹，依然為此死了數十人。不僅僅是煉氣期的散修，那些築基期的道人，為了自己的晚輩也在瘋狂爭奪，當時那顆築基丹賣出了兩千靈玉的天價，這還是丹毒沒有淬煉出來的築基丹，服用的隱患極大。」

葉御默默計算了一下自己的身家，數十斤的陽焰精金，換不來一顆築基丹？只是葉御不敢暴露而已，若是讓外人知道，陽焰精金就是要命的上吊繩。

葉御說道：「給蒼龍宗效力，就有機會？」

寒遠說道：「會有機會，我們夫婦沒有弟子，這些年經營千尋密會，沒有功勞也有苦勞，再加上藍江師叔看好，應該有機會。」

葉御說道：「我去找那個老前輩，爭取打探出更多的消息，或許帶來重要的消息，也能讓蒼龍宗高看我一眼。」

寒遠說道：「是這樣。」

葉御說道：「我先去聯絡。」

轉身走了兩步，葉御問道：「韓叔，不服用築基丹，就沒辦法築基？」

寒遠說道：「沒聽說過，蒼龍宗內絕無此事。」

葉御走向了更僻靜的地方，而不是去尋找那個散修老者，葉御知道了陽焰精金的價格，他就知道危險了。

不能隨身攜帶這麼珍貴的資源，而且當作臂環的金屬環還有兩枚指環也必須藏起來，如果自身隕落，那就深埋地下好了，未來或許被有緣人得到。

遠遠離開後，葉御找了一個孤高的石崖，想了想把《御火真經》、《天熾心經》還有那半本殘缺的秘技也放入儲物袋，一起藏在石崖附近的古樹地下。

不死，就秘密回來取走，若是自己折在了礦場，那就折了。

第七章

屠之問

身上的幾個儲物袋，打開之後果然很是失望，除了一些零碎，就沒有看得上眼的東西。

散修很窮，因為窮，才不擇手段，葉御很是瞧不起這種傢伙，人品有問題，強大起來也必然是禍害。

把儲物袋裡面的東西轉移到一處，空下來三個儲物袋，葉御估計能賣幾個錢，富日子也得當窮日子過，陽焰精金不能曝光，大財主得小心謹慎。

葉御繞了一個大圈子，夜色迷離的時候才重新找到那群散修聚集的地方，當葉御捲土重來，那些見過葉御如何出手的散修們頓時噤若寒蟬。

老者不在這裡，葉御也懶得搭理別人，老者很貪財，有錢就有準確的消息，葉御寧願和這種老前輩打交道。

夜色越來越深，老者和一個中年人說笑著從遠方走過來，葉御直接迎過去，老者看清楚葉御，他欣然說道：「小友，遇到你的同門了？」

葉御轉身與老者並肩說道：「不是同門，就是有幾個長輩比較熟悉。老前輩，我這裡有幾本道書，還有一些零零碎碎的東西。」

老者對中年人說道：「這個小友找我有事，咱們回見？」

中年人顯然聽說了一個戴著斗笠的白衣少年大開殺戒的消息，他客氣說道：「屠老請便。」

屠老樂呵呵隨著葉御走向沒人的地方，葉御直接把裝著各種物品的儲物袋遞給屠老。

屠老也不客氣，玉散人出手大氣，而且他和蒼龍宗的淵源不淺，屠老喜歡和這種實力強還講規矩的修士打交道。

屠老檢查著儲物袋裡面的東西，看到了《鐵煉真經》這幾本道藏，屠老的笑容更加燦爛，那幾個散修的各種零碎葉御看不上，屠老覺得相當可心，年輕人到底不會過日子啊，這麼多的好東西不得值上千兩黃金？

屠老看葉御越發順眼，說道：「玉散人老弟，這麼貴重的禮物，肯定是想知道什麼消息，能說的我絕不藏私。」

葉御說道：「闕月門和大正門真的會放開探索上古洞府的機會？」

屠老低聲說道：「闕月門和大正門爭鬥了好幾個月，打得彼此傷筋動骨，雙方的底蘊差不多，再打下去只能兩敗俱傷，讓蒼龍宗這種虎視眈眈的宗門撿便宜。所以他們選擇聯手一起霸佔上古洞府，但是上古洞府只允許築基期之下的修士進入，誰家培養弟子也不容易，哪能捨得隨意葬送？」

「宗門強大與否看有多少強者坐鎮，未來能不能繼續千秋萬載的傳承，看自家的弟子啊，這個道理不懂？」

葉御連連點頭說道：「老前輩看得通透，我就是太年輕，什麼也不懂。你說進入上古洞府的人帶著芥子指環和儲物袋，闕月門和大正門還能搜身？」

屠老用詫異的眼神看著葉御說道：「小朋友，你真的不是宗門弟子？你見過有幾個人帶著芥子指環？攜帶儲物袋很正常，但是闕月門和大正門絕對不會客氣，必然搜身，而且據說他們聯手借來了一件法寶，進入上古洞府前照射一遍，出來的之後再照射一遍，看看體內是否吞下了什麼寶物。」

「別懷疑豪門的心黑手狠，人不狠，站不穩。你看你宰了那幾個蠢貨之後，散修們的眼神是不是直接友好單純了起來？」

葉御說道：「真夠嚴謹的。」

屠老說道：「那些大宗門的手段嚴謹著呢，也就是我們這些散修看似自由，散修有散修的好處，宗門弟子有宗門弟子的好處。如果進入一個烏煙瘴氣的宗門，還真不如當散修來得自在。」

葉御心頭一動說道：「老前輩，你應該也到了煉氣巔峰，怎麼沒想過築基？」

屠老樂出聲說道：「小友，你應該是宗門弟子，否則怎麼會不明白。散修築基那得多大的運氣？你遇到一百個散修，有一個築基期的道人沒有？沒有啊，小友，散修的苦你根本不理解，你看看你的這身打扮，說你是散修，沒人信的。」

色彩斑斕的天熾斗笠，白衣勝雪的道袍，再加上戰力爆表，這賣相不是名門弟子，就是世家公子，誰敢相信年前的葉御還是一個礦場挖礦，還得被護礦隊勒索的悲催礦工？

葉御也沒辦法解釋，他陪笑說道：「長輩不讓我，我也沒辦法，除了築基丹，就沒有別的築基方法？」

屠老說道：「還真有，傳說中五行靈根的天驕，可以在契合自己的五行靈地打通任督二脈，推開天地之門，依靠曠世奇緣和絕世天資自行築基成功。」

「是藥三分毒，靈丹也是如此，築基丹珍貴，同樣也有丹毒，這些丹毒除非有罕見的機緣淬煉出去，否則會淤積在體內。如果你足夠留心，就會發現許多散修面容可怖，那就是胡亂服用各種靈丹增強修為，導致丹毒淤積體內。」

「你再看看你，眉清目秀，透著一股靈氣，為何？你必然是在靈氣充足的靈地修行，而且服用的靈丹殘存的丹毒極少，這就是名門大派的弟子為何賣相出眾的根本原因。」

葉御還真不知道修行有如此多的禁忌，合著自己沒有服用過靈丹輔助修行，反倒成了別人羨慕不得的好事？

五行靈根在契合的五行靈地修行，就能自行築基？這個消息讓葉御砰然心動。

寒遠很明顯弄到築基丹的代價極大，要耗費他主持千尋密會的功勞才有可能弄到手，做人不能不要臉，不可以讓韓叔付出這麼大的代價，未來韓叔和墨韻阿姨要有自己的弟子，要為他們的未來著想呢。

五行靈地，葉御記住了，既然自己走上了火系修士的道路，自然要尋找火系靈地，在那裡嘗試打開天地之門。

問題是沒有築基期的心法啊，總不能憑藉高屋建瓴的御火真經繼續修行，葉御能夠打通十二正經，是因為修煉了八年的天工經，因此他可以自行打通一個個穴道，貫穿一條條經脈。

築基期如何築基，築基之後僅僅是簡單地打通奇經八脈？肯定不會這麼簡單，否則築基就不會成為卡住諸多散修的天塹。

得弄到一本火系的築基期道法，這個必須得有，否則遇到了火系靈地，葉御也不知道如何推開天地之門。

葉御想了想說道：「如果地下的上古洞府開啟，老前輩可以和我同行，我的確不是蒼龍宗的弟子，只是和其中的幾位前輩有交情。」

屠老大喜，這個好處可太大了，玉散人的戰力強橫，還有蒼龍宗做靠山，和玉散人一起進入上古洞府那就有保命的資本。

屠老說道：「我信了，那就一言為定，如果可以的話，我們兩個一起行動，和蒼龍宗遙相呼應最好。」

葉御說道：「前輩或許忌憚蒼龍宗的高手，我理解。」

屠老低聲說道：「進入上古洞府，我或許能弄到真正的好處，但是不宜人多，你懂？」

葉御懂了，屠老的消息靈通，顯然有他自己的後手。葉御的強悍與慷慨讓屠老決定拉攏葉御一起行動，只是好處肯定不多，所以不想帶著蒼龍宗的成員。

葉御說道：「還有什麼值得叮囑晚輩的事情嗎？」

屠老說道：「進入的時候不要攜帶重要的法器或者飛劍，誰也不保證闕月門和大正門的人在我們出來的時候使用什麼見不得人的手段，你的斗笠其實就很麻煩，看著就很值錢，很容易讓人動心。」

葉御說道：「這是我親自煉製的法器，能夠施展三種火系秘技，戰鬥的時候很有用。」

屠老說道：「帶一些保命的靈丹，若是能夠守護心神的靈丹最好。我聽說，先聲明，上古洞府的那些邪門存在或許是死去的上古大修，變成了人不人，鬼不鬼的樣子，根本殺不死。」

葉御稽手，和屠老分開之後，葉御迅速趕赴蒼龍宗的所在地，寒遠正在周邊等待著。

葉御匆匆說道：「韓叔，我打探了一些新的消息，上古洞府裡面那些邪異的存在有可能是上古大修變成，不是人，也不是鬼魂，殺不死，只能儘量避開。」

藍江倏然出現在附近，這個消息蒼龍宗同樣沒得到，葉御出去轉了一圈就得到了這麼重要的消息，果然把玉散人納為備選的護法是對的。

葉御對藍江稽手，繼續說道：「最好攜帶守護心神的靈丹，免得被這些特殊的存在侵襲。我和那個老前輩約好了一起進入上古洞府，他也是煉氣期，應該不擅長戰鬥，我需要保護他。」

寒遠說道：「還有別的禁忌嗎？」

葉御說道：「屠老說最好別攜帶重要的法器或者飛劍，免得闕月門與大正門的人見財起意，他叮囑我不要攜帶天熾斗笠，只是天熾斗笠是我親自煉製，能夠施展三種火系秘技，我必須戴著。」

寒遠說道：「屠老？是不是一個貌不驚人的老者，看著很和氣的樣子？」

葉御點點頭，寒遠說道：「屠之問，聽過他的名字，只是他輕易不暴露自己的身份，導致對面相逢也不認識，既然是屠之問告訴你的消息，那應該準確無誤。」

藍江說道：「百通散人屠之問也來湊熱鬧，或許闕月門和大正門真的要開啟上古洞府了。」

寒遠知道屠老名為屠之問不稀奇，藍江竟然也知道屠之問，還知道屠之問的綽號是百通散人，這就證明屠老真的來歷不俗，知名度極高。

寒遠轉身看著藍江說道：「師叔，咱們蒼龍宗遭到闕月門和大正門的聯手重創，曾經露面的宗門弟子不適合進入其中，那些沒有暴露的弟子可以更換服飾潛伏進去。」

藍江說道：「老成持重的建議，你對玉散人評價極高，不知道幾個月未見，玉散人的戰力具體如何。」

寒遠說道：「玉散人以前遮掩了真實的境界，他已經是煉氣巔峰，一手火焰刀絕技，築基期的道人也不容易抵擋。」

藍江的眼神怪異，背著長劍，卻掌握著火焰刀的秘技？使用飛刀施展？

寒遠說道：「我與伏韻親眼所見，殺傷力極強。玉散人與屠之問進入，宗門弟子帶著玉散人可以辨認的標誌，到了上古洞府能夠彼此關照。」

藍江說道：「讓準備進入上古洞府的人列隊，與玉散人見面，就說玉散人是我預定的護法。」

煉氣巔峰，還有家傳秘技，這就不一樣了。第一次藍江承諾葉御踏入築基期，就是蒼龍宗的護法，多少有些敷衍，現在知道這個少年竟然是煉氣期巔峰，如此年輕，未來踏入築基期的概率太大了，若是蒼龍宗能夠施恩，在玉散人建立功勳後賞賜築基丹，他還不得死心塌地為蒼龍宗效力？

寒遠和葉御同時稽手，藍江說道：「玉散人是你看好的晚輩，我相信你在塵世磨礪多年的眼光，畢竟你很少看重哪個晚輩，宗門中也就青靈讓你高看一眼。」

寒遠說道：「多謝師叔。」

藍江說道：「去讓宗門弟子列隊，玉散人，拿出全部實力向本座發起進攻。」

寒遠說道：「這是本門的金丹真人，讓你全力出手，你就必須拿出絕殺大正門修士的實力，你表現越出色，藍江師叔對你越器重。」

寒遠匆匆走向蒼龍宗的隊伍，遭遇到闕月門和大正門的聯手重創，蒼龍宗損失慘重，殘存的成員做好了隨時分散逃竄的準備。

藍江看著葉御，溫和說道：「不用擔心傷到我，拿出真正的絕活。」

葉御稽手，說道：「晚輩冒犯了。」

葉御抬手，雙手各自一道火焰刀一前一後斬向藍江，藍江鼻翼翕動讚道：「好。」

藍江的飛劍斬碎兩道火焰刀，葉御一個錨定長行出現在藍江面前，藍江下意識啟動護身的法寶，短柄斧結結實實劈在寶光上。

打不動了，藍江被一道銀色光幕籠罩，光幕中的藍江看著葉御，葉御無辜地看著光幕中的藍江。

藍江覺得自己的脊背被冷汗打濕，這是煉氣期？誰家煉氣期的散修這麼兇猛？

藍江好半天說道：「釋放出你的氣息。」

葉御的真氣收斂在體內，當藍江下令，葉御把真氣釋放出來，貨真價實的煉氣期，只是真氣充盈而純正，火系的煉氣巔峰。

藍江收起護身的法寶說道：「玉散人，殺過築基期的道人嗎？」

葉御說道：「幾個月前，晚輩剛剛開始煉製天熾斗笠的時候，有三個人堵住了洞窟的門口，晚輩殺了其中兩個，或許那個中年人就是築基期。」

方家的倒楣鬼？藍江聽說了此事，方醒為此帶著十幾個人找到了千尋密會，被寒遠一個大嘴巴給打得冷靜下來了。

藍江清楚知道此事，是因為方醒找到了闕月門，說逃走的礦工就在千尋密會，而伏波則認定那個盜走闕月門重寶的礦工就是玉散人，因此才會引來闕月門與大正門的聯手攻擊。

寒遠夫婦說玉散人是有根腳的散修，絕對不是礦場的礦工，藍江也不確定，只是他原本也不相信一個礦工能夠盜走闕月門的重寶，那純屬扯淡。

現在證明葉御是煉氣巔峰的小高手，而且一手火焰刀真的精彩絕倫，這樣的散修高手會是礦工？藍江直接否定了可笑的傳聞。

十幾歲的煉氣頂峰，哪怕是家學淵源，也得玩命苦修，而一個煉氣士藏在礦山挖礦？咋想的？捏造謠言也不走心。

還有就是玉散人的火焰刀如此嫻熟強橫，那不得是多年的勤學苦練？而且玉散人的真氣磅礴，至少也是打通了五百四十個穴道的天才。

藍江放聲大笑說道：「讓你成為備選的護法是礙於門規限制，事實證明我沒看走眼，未來你成為宗門護法，妥妥的事情。」

遠遠聽到藍江的大笑聲，寒遠和墨韻相視而笑，伏波眼神陰霾站在蒼龍宗的隊伍中。

藍江攬著葉御的肩膀出現，石青靈抿嘴樂，小玉的火焰刀，很嚇人的呢。

藍江這個金丹真人攬著一個來路不明的散修到來，伏波稽手說道：「師叔，玉散人極有可能是潛逃的礦工，或許得到了天賜奇緣，才豎子成名。」

藍江微微頷首說道：「也不知道玉散人哪裡得罪了你，讓你瘋狗一樣盯著不放。」

這就話一出口，蒼龍宗的眾人死一般的寂靜，伏波老臉臊得通紅，他睚眥欲裂盯著淡定的葉御。

藍江說道：「煉氣巔峰，家學淵源，秘技強橫，還是煉器高手，你認為這樣的天才散修能夠在礦場中成長起來？伏波，你來和我說說，一個十幾歲的煉氣巔峰修士，需要付出多大的心血和努力？」

寒遠篤定說道：「玉散人今年十七歲，家傳的火系秘法，成長軌跡有跡可循，只可惜他有家學，因此宗門無法收下他。伏波師兄，闕月門是我們的敵人，玉散人跟著我親自參與準備伏擊闕月門的隊伍，卻誤中大正門的隊伍，我不知道闕月門故意散佈謠言的目的是什麼，只是你毫無理由一次次針對玉散人，主要的原因應該是你的兩個徒弟糾纏石青靈，石青靈對他們不假辭色，從而懷恨在心。」

「你的兩個弟子資質普通，品性更是不堪，你身為築基期的前輩，卻因為兩個徒弟的蠱惑，從而一次次針對玉散人，伏波，你過分了。如果不是你們師徒的緣故，我會在大年初一就讓玉散人離開家門？玉散人幼年失去雙親，我是在偶然經過潛江府的時候遇到他，並讓他裝作偶然進入千尋密會的樣子，從而讓他來到我身邊便於照顧。」

「那是在八年前，九歲的玉散人已經修行入門，我恪守門規，沒有讓玉散人偽裝成沒有修行的樣子混入宗門。」寒遠為葉御安排了一個可以被調查的身世，今天正好做出憤怒的樣子，說出他和葉御的淵源，免得伏波這種老混帳盯著不放。

藍江說道：「伏遠。」

寒遠說道：「師叔吩咐。」

藍江說道：「你有些偏執了，玉散人雖然有家學，但是九歲的孩子就算煉氣入門，宗門依然願意敞開大門，你耽誤人才了。」

十七歲的煉氣巔峰，而且氣息如此純正深厚，若是成為蒼龍宗的弟子，那就是宗門天驕啊。

墨韻說道：「師兄在小事可以不計較，涉及到門規的時候，向來不知變通。我們夫婦欣賞小玉，卻沒想過營私舞弊，讓他進入宗門成為我們的弟子。」

伏波胸膛急驟起伏，藍江說道：「玉散人是我指定的備選護法，百通散人屠之問與玉散人有交情，因此玉散人帶來了很重要的消息。這一次進入上古洞府探索，玉散人就是我給你們安排的重要幫手，百通散人屠之問交遊廣闊，他能夠欣賞並信賴玉散人，更不要說伏遠與玉散人早就相識。」

「你們記住玉散人的樣子，在上古洞府遇到危機，可以尋求玉散人的幫助。方才本座親自測試，本座相信尋常的築基期道人不是玉散人的對手。」

金丹真人如此推許，尋常的築基期道人也不是玉散人的對手，這得多強橫的實力才能讓眼高於頂的藍江真人認可？

數十個準備換裝進入上古洞府的築基期道人和煉氣士熱切地看著葉御，多一個幫手，多一份保命的底氣，伏波嫉恨，別人與玉散人可沒有任何恩怨嫌隙。

葉御摘下天織斗笠稽手說道：「在下玉散人，諸位前輩與道友，進入上古洞府我們要守望相助，還請多多關照。」

一個個蒼龍宗修士稽手還禮，藍江說道：「你們人數多，彼此還是同門，自然容易辨認。你們記住玉散人的容貌，若是遇到棘手的問題，讓玉散人做主。」

「我相信屠之問老於世故，肯定不會看走眼，本座也相信自己法眼無差。玉散人戰力強，還有屠之問做朋友，可以讓你們這些空有境界卻沒有太多戰鬥經驗的小傢伙多一份活下去的保障。」

葉御的肚子咕咕叫，藍江呵呵笑道：「安排酒宴，玉散人應該是餓慘了。」

石青靈終於沒忍住笑出聲來，餓肚子到處奔波，算你是有心人。不過得到了藍江真人的認可，葉御未來成為宗門護法的機會幾乎是板上釘釘，這感覺真好。

只是石青靈有些小鬱悶，你最初說你只是煉氣三樓半的小修，幾個月不見，你踏入了煉氣巔峰，還是打通六百一十八個穴道的絕世煉氣巔峰，故意氣我的吧？

第八章

邪靈

葉御有自己的秘密，寒遠沒有想過刨根問底，誰還沒有自己的隱私事？總是意圖窺視別人的隱私，意味著心術不正。

葉御極有可能就是闕月門尋找的那個礦工，只是那又如何？寒遠沒想過謀奪葉御身上有可能攜帶的寶物，做不出這種事情。

如果葉御真的是礦工，那麼葉御的天資該有多妖孽？才能在挖礦的時候秘密修煉，從而一飛衝天？

煉製天熾斗笠成功，餓著肚子到處尋找寒遠，寒遠很清楚這個少年孤苦無依，別人對他稍好一些，他就被感動了。

蒼龍宗的隊伍是藏匿在叢林中，還有遮掩氣息的陣法，饒是如此，也不敢大張旗鼓的煎炒烹炸。

燉煮了一些食物，還沒有酒水，宴會有些簡陋。

藍江是金丹真人，早就能夠辟穀，藍江坐在臨時打造的椅子中，看著葉御狼吞虎嚥，肯定是餓慘了，否則也不至於肚子咕咕叫。

葉御吃了幾碗米飯，總算過癮了，這才輕聲說道：「韓叔，我弄到了幾個儲物袋，希望裝滿食物和飲水。」

在自己挖出來的洞窟獨自修行，每天能夠填飽肚子就行，因為沒機會接觸有人煙的地方，也就沒機會買到食鹽。吃了幾個月沒鹽的烤肉，那種鹽分不足的感覺讓葉御很不舒服，這一次若是進入上古洞府，葉御不想挨餓。

寒遠說道：「好，會給你準備出足夠的乾糧和水囊。」

遠方有喧嚣的歡呼聲爆發，很快有一個穿著毫無標記道袍的男子飛奔而來，難以置信喊道：「闕月門和大正門宣佈現在就可以進入上古洞府探索，條件是探索的收益必須拿出七成上交給兩大門派。」

葉御放下筷子，來得這麼突然？幸虧自己及時趕到了，否則韓叔他們進入上古洞府，自己就見不到他們了。

墨韻說道：「儲物袋給我，我幫你準備乾糧和水囊。」

藍江說道：「準備進入者，現在就脫下宗門的道袍，不要留下任何暴露身份的物品，否則誰弄出岔子，自己去解決。」

寒遠說道：「小玉，這一次探索上古洞府，你責任重大，好好表現。」

葉御說道：「韓叔放心，我會盡力而為。」

儲物袋裡面的空間不是很大，裡面的空間大約如同一個背簍，葉御除了送給屠老的儲物袋，他還有四個空蕩蕩的儲物袋。

人多好辦事，攜帶的物資也多，很快葉御的四個儲物袋裝滿了麵餅、鹹菜和肉乾，還有十幾個水囊。

估計是餓怕了，探索上古洞府，又不是讓你常駐，裡面有許多邪異的存在，你能長期在那裡逗留？

準備參與此次行動的蒼龍宗修士眼神揶揄，別剛剛進入上古洞府不久就狼狽逃回來，準備這麼多吃喝的物品，就成了笑話。

寒遠和墨韻在遭到兩大豪門聯手攻擊的時候已經曝光，他們與伏波一樣，沒辦法混入上古洞府。

雖然兩大門派允許修士進入上古洞府，絕不包括野心勃勃的蒼龍宗，尤其是大正門，懷疑那一次盧鵬被殺的伏擊事件就是蒼龍宗所為。

不需要什麼證據，當時一群來歷不明的蒙面人猝然發起襲擊，而當時勢力最大的就是散修彙聚的千尋密會。

蒼龍宗的修士大舉到來，就在躲在千尋密會的地方，而且千尋密會的主事者就是蒼龍宗的築基期道人伏遠，闕月門的遠智親自見證。

一個試圖拉攏諸多宗門，準備謀奪礦場的存在，這能忍？闕月門和大正門拼得你死我活，蒼龍宗想撿便宜？不搞你搞誰？

事實上闕月門和大正門已經秘密下達了絕殺令，看到蒼龍宗的修士出現，絕對不要手下留情。

寒遠和墨韻肯定不敢露面，石青靈則沒問題，當時闕月門和大正門聯手進攻蒼龍宗的時候，石青靈不在現場，避免了殺身之禍，也避免了自己的真容被兩大門派看到。

葉御和蒼龍宗的隊伍是分頭離開密林，葉御歪頭，帶著石青靈來到遇到散修的地方，果然屠之問在那裡淡定等待。

料定蒼龍宗不會死心，肯定會時刻關注這裡的動向，果然玉散人帶著一個同樣穿著月白色道袍的清麗女子到來。

看著有些郎才女貌的樣子，只是玉散人明顯面嫩，或許玉散人和蒼龍宗的淵源就是與這個美貌的女修有莫大淵源。

屠之問微笑頜首，葉御說道：「青靈師姐，這位前輩就是屠老。」

石青靈對屠之問欠身說道：「晚輩石青靈，見過老前輩。」

然後石青靈對葉御說道：「進入上古洞府，不要喊我師姐，叫我青靈姐最好。」

葉御從善如流說道：「嗯，青靈姐。」

屠之問說道：「沒有攜帶證明蒼龍宗身份的物品？我聽說闕月門和大正門下令，遇到蒼龍宗的修士，殺無赦。」

石青靈臉上表情有些僵硬，這是把兩大豪門得罪狠了，竟然下達了這種命令，今後蒼龍宗的日子也不會好過，被兩大豪門嫉恨，夭壽哦。

葉御樂呵呵說道：「您不說，我不說，誰知道青靈姐來自蒼龍宗。如果有人為難，還得老前輩幫襯，就說青靈姐和我一樣是散修，蒼龍宗的前輩們說您老人家可能是百通散人，名聲相當好。」

屠之問哈哈大笑道：「略有薄名，不值一提。」

石青靈說道：「因為小玉得到您賞識，宗門對小玉也更加欣賞，畢竟百通散人交遊廣闊，見多識廣，自然不會和齷齪之徒走在一起。」

屠之問說道：「主要是玉散人出手闊氣，我年紀大了，老東西就喜歡錢財。」

葉御說道：「進入上古洞府，若是有機會，我幫襯您多弄一些。」

石青靈嗔道：「不會說話的孩子，屠老德高望重，而且久負盛名，豈能貪圖你的些許好處，那是前輩給你機會證明誠意。」

屠之問豎起大拇指，真會說話的女孩子，屠之問說道：「礦場這裡彙聚了各大宗門世家與散修，至少也有三四千人。闕月門和大正門立下了規矩，就不會輕易反悔，畢竟要臉。」

「我們進入之後，要防範的不僅僅是那些邪門的存在，而是貪婪的修士，財帛動人心，在那裡面殺人，不被發現就不會有什麼隱患。」

葉御摸了摸斗笠說道：「老前輩，您幫我帶一柄斧頭進去如何？」

葉御使用短柄斧參與和伏殺大正門的隊伍，在千尋密會中，葉御就沒看到有人使用如此冷門的武器。

若是讓大正門的修士看到，或許會懷疑到葉御身上，偏偏這把短柄斧用起來很順手，葉御就沒有埋入地下藏起來。屠之問的名聲大，讓他攜帶著短柄斧，應該沒有人懷疑。

屠之問想不到葉御曾經參與伏殺大正門的隊伍，他痛快說道：「好。」

葉御從袖子裡取出短柄斧交給屠之問，屠之問愣了一下說道：「月桂斧的仿品？造型古樸，仿造得不錯啊。」

葉御說道：「晚輩不識貨，湊巧買來當武器，用著順手就一直攜帶著。」

屠之問說道：「走吧，聽說上古洞府裡面有芥子空間，導致裡面相當的龐大，要不然闕月門和大正門也不會放開，他們憑藉自己的門人弟子探索不過來。」

不僅僅是探索不過來，還有一個很大的原因是上古洞府裡面步步殺機，折損了太多門人，兩大豪門也狠不下心了。

曾經的闕月門想吃獨食，直接吞併了土崛宗，但是大正門幾乎是傾巢出動，和闕月門死磕。闕月門和大正門殺得血流成河，蒼龍宗拉攏許多小宗門準備火中取栗，闕月門和大正門狂怒，對蒼龍宗痛下殺手。

出手歸出手，數千個來歷複雜的修士彙聚，必然是心腹大患，闕月門和大正門也正好需要替死鬼去探查上古洞府，這才有了開啟上古洞府的機會。

葉御戴著斗笠，和石青靈低調走在屠之問的身後，彷彿是這個名氣頗大的老前輩帶著兩個晚輩也來湊熱鬧。

上古洞府裡面有極大的危機，金丹真人進入就必死無疑，因此許多宗門弟子在觀望，反倒是窮困潦倒的散修們膽子更大。

因此上古洞府附近彙聚了許多修士，真正排隊進入的並不是很多，葉御他們來到被清理出臺階的上古洞府附近，前面只有三百多人排隊接受檢查。

每個探索的修士必須登記自己的隨身物品，出來的時候多出來的物品，七成要上交給兩大豪門作為費用。

冒著生命危險，只能得到三成的收益，看似不公平，對於散修來說這已經是意外之喜。

平時尋找修行的資源，煉器的材料，不需要冒險？上古洞府裡面必然有著無法想像的巨大好處，如果得到了寶物，先在上古洞府裡面消化，找到靈丹，吃掉；找到道藏，學掉，誰還沒點小算盤呢。

每個登記完畢的修士會得到一個小牌子，上面記錄著修士的特徵與攜帶的物品，出來的時候就要搜身檢查了。

進去容易，出來難，進去不搜身，自己申報的物品必須展示一下，免得出來的時候說是從外界帶進去。

有些散修想要投機取巧，謊稱自己帶著特殊寶物，結果盤查的修士讓他拿出來，卻根本拿不出來，直接被攆走，不許再過來湊數。

葉御與石青靈隨著屠之問領取了自己的牌子，混跡在人群中進入到幽暗的上古洞府。

闕月門和大正門探索的時候沒有在這裡安置照明的油燈，或者他們安置了，但是退出來的時候把油燈也帶走了。

這些自願進入上古洞府的修士，怎麼看清道路是他們自己的事情，闕月門和大正門不為他們的安全負責，每一個活著走出來的修士繳納七成收益就行。

葉御再次看到那個有浮雕的石壁，上面的圓環被葉御帶走了，到底是什麼寶物，葉御不知道。

進入的修士唯恐落後於人，進入上古洞府後就迅速散開，屠之問說道：「上古洞府的大陣如同攔江巨網，小魚小蝦可以遊過去，大魚就要被網住。」

屠之問交遊廣闊，見識也不俗，葉御的眸子在黑暗中審視觀察周圍說道：「這裡面就算有寶物，也被闕月門和大正門搜刮差不多了吧？」

屠之問說道：「那你還進來？」

葉御嘿嘿樂道：「這不是蒼龍宗的長輩需要我進來嘛，否則我不太願意進入這個地方，陰森森。」

屠之問說道：「我有一些朋友分頭進來了，若是能夠與蒼龍宗的修士暗中聯手，自保的機會很大，至於能不能找到寶物，那得看命。你年紀還小，不明白到了一定的年紀，就會明白人不能和命爭，命裡八斗，湊不成一擔，我當年就是不服氣，所以攢雞毛湊撣子，湊來湊去，為別人攢家底了。」

石青靈說道：「您老人家交遊廣闊，還有人算計您？」

屠之問說道：「人心吶，難測量，面對天才地寶，親兄弟還會動刀子呢。小友，這是去哪裡？」

葉御說道：「這裡有條小路。」

石青靈的視線嚴重受阻，屠之問也差不多，幽暗深邃且龐大的上古洞府，根本沒辦法辨別遠方的情況。

葉御的特殊眼力在這裡有了巨大的優勢，石青靈低聲問道：「小玉，確定嗎？」

葉御說道：「小心些，有幾個人也在向那條小路接近，咱們儘量不和人爭鬥，一個個窮的，打贏了也沒啥收益。」

屠之問嚇得眼皮跳動，你沒少殺人吧？聽你這語氣，肯定是經驗不少，面對窮困潦倒的散修已經失去了動手的興致。

屠之問把短柄斧遞過來，葉御非常自然接過，屠之問確定了玉散人的視線在這裡有優勢。

好事，屠之問願意和剛剛結識的葉御同行，是因為少年人沒那麼多奸猾的算計，而且玉散人的戰力彪炳，還與蒼龍宗有淵源，相對可信得多。

反倒是那些老朋友，一個個奸猾狡詐，屠之問和他們相識多年，也不敢完全相信，平時交流資訊和不重要的修行資源還行，涉及到性命的時候，還是保持距離比較好。

前方有人啟動了一顆珠子，朦朧的光芒在黑暗中極為刺眼，那幾個人發現了小路，也察覺到葉御他們在接近。

一個女子喝道：「這條路是我們先發現，是朋友就讓路。」

屠之問說道：「上古洞府，闕月門和大正門也無法霸佔，妳語氣是不是太囂張了？別忘了青狼他們幾個死在誰手上，妳惹不起的。」

那幾個人擺出戒備的姿態，看到頭戴斗笠的葉御出現，這幾個人臉色難看起來。青狼的名聲在散修中不好，卻被葉御直接給殺了，這個頭戴斗笠的白衣少年已經被散修們列為惹不起的那種強者。

葉御把短柄斧藏在袖子裡，囂張走入小路，這幾個散修硬是沒敢出手，在葉御他們深入小路之後，這幾個人依然面面相覷。

進不進？進去的話，玉散人實力超強的，還有屠之問這個老傢伙指點，若是他們在小路裡面展開伏殺呢？

葉御也不知道該去哪裡，聽說上古洞府很大，那就慢慢轉悠唄，小路狹長，一眼看不到盡頭，如果不是再入上古洞府，葉御絕對不敢相信礦場之下藏著如此龐大的洞府。

葉御忽然停下腳步，在黑暗中對著牆壁推了推，石青靈問道：「有機關？」

葉御說道：「這裡是一扇門，關閉著。」

石青靈臉紅，在這裡彷彿盲人騎瞎馬，什麼也看不清，葉御顯然不需要照明，就能夠看清楚，這個優勢太大了。

屠之問湊近了房門說道：「得注入靈氣，這是有陣法保護的房門。青靈姑娘，妳後退一些，面對發生意外。」

屠之問取出火摺子點燃了一盞油燈，光明出現，石青靈眯起左眼，旋即閉上右眼，左眼已經適應了突如其來的光芒。

屠之問的手指在房門上滑動，說道：「沒錯，有陣法保護，或許打開門就能找到寶物。」

葉御看到屠之問的手指釋放出真氣，房門泛起水波一樣的光暈，葉御說道：「老前輩開門的手法厲害，開門後裡面的寶物，你占一半。」

屠之問停頓了一下說道：「三分吧，見者有份，你能看清黑暗，我能解開陣法，青靈姑娘負責警戒，公平分潤才不至於未來心裡有疙瘩。」

石青靈說道：「老前輩公道，我喜歡這種風格，我在千尋密會效力數年，學會了公平交易的規矩。」

屠之問繼續破解房門的陣法說道：「其實千尋密會不應該暴露與蒼龍宗的關係，挺好的地方，有規矩，未來本應該成為散修們的聖地。」

石青靈說道：「有些時候我師叔也沒辦法，宗門最大，宗門的前輩下令，自然要服從。」

房門傳來輕輕的「吚噠」聲打開，葉御做個手勢，屠之問後退，葉御左手推開房門，右手握著袖子裡的短柄斧。

房間裡面空蕩蕩，只有一桌一椅一床，葉御把房門洞開，試圖看到更多的時候，一個穿著道袍的人影詭異出現在椅子中，彷彿他一直坐在那裡，只是沒有被發現。

葉御喝道：「你們退。」

葉御警惕地站在房門口，穿著道袍的人影轉頭，看不清面孔，全身似乎是灰霧凝結而成。

屠之問迅速退到石青靈身邊，石青靈投去詢問的眼神，屠之問說道：「邪靈。」

不是人，不是鬼，也不是器靈，傳說這是殺不死的存在，屠之問看到了，果斷命名為邪靈。

邪靈無聲無息站起來，猝然邪靈向門口衝來，葉御左手一記火焰刀，直接把邪靈轟碎。

屠之問張大嘴，你是煉氣期？這種強橫的道法隨手施展，築基期也沒這個實力吧。

而且屠之問多方打探，確定這些邪靈殺不死，結果葉御的火焰刀直接把邪靈轟碎了，這是怎麼回事？

葉御緩步走入房間，邪靈化作的灰霧試圖重新凝結，葉御拂袖，他全身籠罩在烈焰中，屠之問和石青靈同時睜大眼睛。

灰霧消散了，葉御握著短柄斧在房間中左右逡巡，確認沒什麼寶物之後，葉御低頭撿起了一顆灰色的珠子，最初房間裡沒有這顆珠子存在，邪靈被轟碎，留下了這個珠子。

葉御走出來說道：「邪靈崩潰，不知道死沒死，反正留下了這顆珠子。」

屠之問舉起油燈，看著這個彷彿濃霧凝成的珠子說道：「不像是好東西，或許邪靈會從珠子中重生。這不算寶物，反而有些危險，你願意留著就自己留下來，不分配歸你自己。」

葉御想了想說道：「也行，我倒不怕邪靈，感覺不強，浪費了我的火焰刀。」

屠之問說道：「這種秘技肯定極為耗費真氣，你既然也是煉氣期，那就不能輕易出手，免得來不及補充真氣。在這種險地不僅僅要提防危險，更要計算自己持續戰鬥的時間，少有馬虎就是隕落的下場。」

葉御說道：「您老人家說得對，我經驗不多，的確不應該冒失。」

屠之問喊出邪靈這兩個字，後面尾隨的幾個修士頓時向後退去，結果沒事了，這個老頭子肯定是在虛張聲勢。

當他們幾個來到打開的房門前，確定了肯定有詐，這是為了避免有人跟隨，從而發現他們找到了藏寶的房間，所以才故意喊出有邪靈。

越是如此，越證明小路裡面有寶物，這幾個人眼神熱切，不知不覺加快了腳步。想獨吞寶物？也不怕撐死？

屠之問熄滅了油燈，葉御回頭看了一眼，輕聲說道：「那幾個人追在後面。」

屠之問低聲說道：「再找到一個房間打開，然後我們離開，既然他們不相信有邪靈，那就親自面對邪靈吧。」

石青靈發出偷笑聲，屠之問好缺德，不過這個做法真解氣。邪靈讓闕月門和大正門的修士也束手無策，幾個散修也有能力毀滅邪靈？你們以為自己也是打通六百一十八個穴道的天驕？想什麼呢。

第九章

靈火

老前輩心夠黑，葉御喜歡，和礦工與監工打交道沒那麼多的算計，礦場簡單粗暴，挖礦換取活下去的資源，否則就餓死，礦工之間也是如此，我拳頭硬我就能欺負你。

葉御也學會了簡單粗暴，現在屠之問的手段略一施展，葉御覺得太可行了，你們想跟著，行，送一個邪靈給你們。

前行不久，葉御再次找到了一扇關著的房門，屠之問輕鬆破解陣法，葉御推開門，同樣的房間，依然是一桌一椅，然後一個邪靈浮現。

葉御說道：「邪靈。」

屠之問大聲說道：「還有邪靈？我們走。」

葉御、屠之問和石青靈迅速前行，後面跟著的幾個人心中狂罵，還來這套，真當我們是傻缺？

這幾個人聽到屠之問的聲音，立刻飛奔而來，這一次他們要參與尋寶，而不是讓屠之問他們獨吞。

衝到了打開的房門口，舉著明珠的那個人看到一個模糊的影子從房間裡衝出來，他揚手啟動一張符籙，符籙化作火焰打在邪靈身上，邪靈彷彿被激怒了，發出無聲的吼叫撲向了這個人，明珠掉落在地上，這個人身體直挺挺向後倒去。

真的有邪靈，那個女修淒厲喊道：「屠之問，你不得好死。」

屠之問第一次喊出邪靈，結果打開的房間裡面什麼也沒有，這幾個人認定屠之問他們找到寶物離開了。屠之問第二次喊出邪靈，結果真的有邪靈，如果不是屠之問虛虛實實，他們怎麼會落入絕境？

聽到後面女修的罵聲還有戰鬥聲音，葉御豎起大拇指，老前輩坑人的手段可以，真的有邪靈，問題是他們不信啊，這能怪誰？

屠之問說道：「你似乎能夠克制邪靈，這個殺手鐧不能暴露，在外人面前，遇到邪靈我們就逃，千萬不要讓人知道你是邪靈的剋星。」

葉御說道：「沒那麼厲害吧，或許方才那個不是真正的邪靈。」

屠之問說道：「相信我，我聽到的是火系修士也沒辦法毀滅邪靈，而你做到了。不問你如何做到，只是我相信你能克制邪靈，這就是我們最大的底氣。」

屠之問底氣足，葉御的火焰刀直接把邪靈打爆，還撿到了一顆灰色的珠子，屠之問門路廣，他聽說闕月門和大正門的修士根本做不到這點。

前面再次看到一扇關閉的房門，屠之問這一次不需要點燃油燈，抹黑就把陣法解開。

屠之問退到了石青靈身邊說道：「不要一直保持緊張狀態，這樣子妳堅持不了多久，長時間的緊張，妳會被自己搞崩潰。妳應該信賴玉散人，而老夫雖然實力不濟，名聲到也不差，還沒做出過什麼喪良心的事情，既然我們三人合作，那就要相互信賴。」

石青靈輕聲說道：「主要是不太適應黑暗的環境，有些緊張。」

屠之問說道：「妳應該是修行的木系道法，我有一個偏門的小技巧，可以增強目力。」

石青靈說道：「晚輩還有土系靈根，最主要的是木系靈根。」

看到房間裡面火焰刀迸發，屠之問說道：「相克了，木生火，火生土，合成相生格局，你的修行路才能順暢。」

石青靈默然，她也明白這個道理，只是作到木火土相生？難如登天，蒼龍宗沒有這種手段讓石青靈組成相生格局。

同樣的房間，同樣的邪靈，看著想要恢復的灰霧，葉御身上烈焰迸發，灰霧在葉御的關注中凝成了一顆灰色珠子。

這就沒意思了，房間裡面除了一個邪靈，沒有任何值得帶走的東西，葉御撿起珠子，失望說道：「換個地方吧，這裡什麼也沒有。」

後面傳來急驟的腳步聲，兩個倉皇向這裡飛奔，是方才被坑了那個小隊伍的兩個倖存者。

他們兩個在黑暗中慌不擇路狂奔，葉御站在房門口，看到這兩個人的後面，一個邪靈低空飛行追逐。

屠之問和石青靈貼著牆壁站著，這兩個人逃走，邪靈驟然衝向石青靈，石青靈看不清，當她心頭生出警兆，葉御手上燃燒著烈火，直接扣住了邪靈的脖子。

石青靈的冷汗嚇出來，葉御抓住了邪靈的脖子？你抓他幹嘛？烈焰中邪靈在瘋狂扭動，屠之問低聲說道：「別慌，穩住。」

然後屠之問淒厲喊道：「邪靈啊，快逃。」

那兩個人聽到屠之問的慘叫，他們恨不得多生兩條腿，頭也不回地亡命飛奔。

葉御舉起邪靈，屠之問說道：「你是火系仙靈根？還是體內有靈火？」

葉御愣了一下，屠之問說道：「除非這兩個原因，否則沒有別的解釋，你的火焰克制邪靈。」

被葉御抓著的邪靈沒有攻擊葉御，而只是徒勞掙扎想要掙脫，石青靈也冷靜下來說道：「小玉，你好像真的能夠克制邪靈。」

眼見為實，邪靈的傳說讓石青靈一直極為恐懼，這個敢殺人的女修不敢面對邪靈。

在火焰的照亮下，邪靈緩緩收縮，最終化作了一顆灰色的珠子留在葉御手中，屠之問和石青靈眼神怪異，邪靈剋星，現在你否認也沒用，我們親眼所見。

葉御把三顆灰色珠子全部擺放在掌心說道：「這東西咋看咋邪門。」

屠之問說道：「沒想過湊出更多？」

葉御說道：「萬一反噬呢？」

屠之問說道：「那是你不夠強大，信我一句話，繼續收集這種灰色珠子，也許未來有一天你會因此感激我的提醒。」

石青靈說道：「老前輩說得對，只要你不斷強大下去，邪靈只能被你死死克制。如果你未來弄到特殊的秘法，說不定能夠把這些邪靈當作克敵制勝的絕活，想一想，闕月門和大正門也無可奈何的邪靈，卻變成了你如臂使指的傀儡，你的優勢得有多大？」

方才得到的這顆灰色珠子帶著一抹血色，這個邪靈應該殺了三個修士，導致只有兩個人逃走。

葉御說道：「老前輩，能不能說說靈火的事情。」

不再提起灰色珠子，葉御已經默認了屠之問和石青靈的建議，屠之問說道：「你的火系秘法如此強大，要麼是傳說中的火系仙靈根，也就是天生就有火系的特殊能力，要麼是煉化了傳說中的靈火。不是探你的底，而是克制邪靈的能力暴露了你的特殊能力，所以我提醒你，不要在外人面前暴露實力。」

「我傾向於你是天生的仙靈根，可惜沒有名師指點，才沒有讓你真正顯露出妖孽的天賦。你對靈火感興趣，事實上太多人感興趣，天下傳說有十三種靈火，無一不是曠世奇緣般的存在。」

「聽說火系大修踏入金丹期就會嘗試尋找靈火，當然這是可遇而不可求的機緣，而且若是實力不濟，遇到靈火也會被燒死。靈火是有靈性的，許多時候不是人找靈火，而是靈火尋找主人。」

石青靈說道：「我們蒼龍宗有一個火修老前輩，就是被幽冥火燒死，如果不是垂涎幽冥火，那個老前輩或許能夠輕鬆踏入元嬰期。」

葉御沉默，靈火，如果沒猜錯的話，葉御肝臟潛伏的灼熱氣流就是傳說中的靈火之一。

石青靈驚訝看著葉御，你年齡這麼小，還是煉氣期，自然不可能掌控靈火，也就是說葉御是火系的仙靈根。

靈根是修行的門檻，沒有靈根就無法踏入修行之門，不是你有毅力就能修行，看天賦靈根的。而仙靈根是傳說中的存在，據傳每一個仙靈根崛起，必然是實力突飛猛進，成為一代天驕。

怪不得葉御說他打通了六百一十八個穴道，原來他是仙靈根，太可惜了，這樣的天驕竟然只是一個散修，如果成為名門大派的弟子，那還不得直接起飛？

葉御說道：「那我們繼續尋找邪靈？」

屠之問看了看石青靈說道：「好，儘量避開人群，青靈姑娘說的有道理，若是你能煉化這些灰色珠子，繼而掌控邪靈大軍，你就厲害了。」

葉御憂心忡忡問道：「不會被人當作邪修？」

屠之問反問道：「什麼是邪修？你使用活人祭煉秘法了？本來就是邪門的存

在，你煉化邪靈算是替天行道，要這樣想啊，少年。」

葉御頓時覺得理直氣壯，對啊，我多收集一顆灰色珠子，就意味著少一個邪靈，這樣能減少修士們的危機，的確是替天行道。

葉御說道：「那我們把小路兩側的房間逐個搜尋？」

屠之問說道：「這是一條長廊，應該環繞著一個巨大的建築群，我們從周邊開始，尋找進入裡面建築的機會。」

葉御說道：「好像是長廊，而且弧度很大，如果長廊環繞著一個建築群，不敢想像裡面有多少建築。」

屠之問說道：「不敢想像的龐大，我懷疑闕月門和大正門未來也無法掌控這個上古洞府，必然會有更強大的修行宗門被吸引而來。我們能弄到多少算多少，未來不見得有機會進來了。」

葉御握著三顆灰色珠子旋轉，出去的時候咋辦？難道把這些灰色珠子上繳七成？怪捨不得的。

進入上古洞府，修士們唯恐落在別人後面，他們幾乎是直撲上古洞府的深處，闕月門和大正門探索了半年多的時間，周邊的好東西肯定被搜刮乾淨了。

想要得到寶物，不得深入虎穴？葉御帶著屠之問和石青靈沿著長廊緩緩前進，屠之問建議葉御發揮好自身的優勢，石青靈大力支持，葉御自然覺得思路相當可行。

至於蒼龍宗的修士，天知道他們跑哪去了？上古洞府這麼大，根本遇不到，他們既然沒有在入口處等待，那就是有自己的小目標。

一路走來，長廊沒有向外的入口，也就是說沒發現入口，也就再也找不到進入長廊的機會。

長廊兩側是面積不大的房間，標配的一桌一椅一床，關閉的房門打開，可以看到邪靈，那些敞開的房間則沒有邪靈。

連續打開十幾個房門，屠之問說道：「我懷疑敞開的房門裡面原本有邪靈，只是他們離開了。」

石青靈說道：「關閉的房門把邪靈擋住了，那些離開的邪靈，是不是進入了長廊環繞的建築群？」

屠之問說道：「從走過的長廊距離判斷，長廊環繞的建築群至少數千畝之多，我傾向於認為這個建築全類似於甕城，守護了裡面的主建築。」

葉御抬手，說道：「看到了月亮門。」

不是房間的房門，而是月亮門。屠之問和石青靈躡手躡腳隨著葉御來到月亮門，月亮門之後是一條小路。

長廊還在繼續向遠方延申，只是看到了月亮門，也就意味著找到了通往建築群的門戶。

屠之問說道：「裡面應該有許多的邪靈，你才是真正的主力，若是找到灰色珠子之外的好處，我和青靈姑娘占一半，你自己占一半。別拒絕，沒有你，我們不敢面對邪靈。」

石青靈說道：「小玉，你是散修，雖然藍江師叔祖讓你成為備選的護法，也享受不到太多的福利，在這裡能得到多少，關係到你未來的修行。我和屠老前輩相比更是廢物，我們兩個怎麼分是我們的事情，你得一半，就這樣。」

屠之問說道：「既然如此，那就把話說開，我得三成，青靈姑娘得兩成，遇到破解陣法，青靈姑娘給我護法，玉散人負責解決敵人和邪靈。」

葉御走入月亮門說道：「也好，敵人，交給我。」

月亮門之內，是一個曾經的花園，花園的草木早就凋零，花園中原本有一條溪水，溪水也已經乾涸。

不知道在地下埋藏了多少年的上古洞府，說是一座龐大的城市也不為過，只是歲月變遷，滄海桑田，上古洞府裡面徹底荒蕪。

葉御的腳步更緩慢，在這個幽暗的上古洞府，葉御幾乎不受影響，只是一路走來，硬是沒看到有靈光的寶物，這就讓人失望了。

當葉御穿過花園乾涸小溪上的石橋，他的目光投向右前方，前方有一個類似哨崗的所在，在那裡有微弱的光芒出現。

葉御走過去，做出好奇的樣子推開崗哨的房門，裡面有一個穿著鎧甲的屍骸，無數年過去，屍骸早就只剩下了白骨。

葉御說道：「有骸骨。」

屠之問湊過來，石青靈警惕地看著外面，屠之問傳授的小技巧很有用，石青靈已經可以隱約看清黑暗。

葉御拿起骸骨手中的戰刀，骸骨與鎧甲同時坍塌，唯有這把散發出微弱靈氣的戰刀完好無損。

葉御說道：「年代太過久遠，只有這把刀留了下來。」

屠之問說道：「我先收起來，未來出去上繳的時候，可以充數的，承受漫長歲月留下來的戰刀，極有可能是法寶。」

葉御把戰刀交給屠之問，分赈是未來的事情，現在只有一柄戰刀，咋分？葉御學過破風刀法，他寧願使用短柄斧來施展刀法。

葉御猝然轉頭，前方十幾個邪靈出現，葉御說道：「留在這裡，邪靈成群到來。」

屠之問焦急說道：「你持續作戰能維持多久？我來計算何時撤退。」

葉御舉起左手，手掌豎起，唯有中指彎曲扣在掌心，石青靈說道：「小玉的意思是，無終止的持續。」

屠之問嘆口氣說道：「也不知道我孫女現在進境如何，要不然他們兩個倒是般配。」

石青靈輕聲問道：「您孫女是不是進入了哪個宗門修行？」

屠之問露出得意的笑容，說道：「天涯門，青靈姑娘應該知道吧。」

石青靈毛骨悚然，屠之問的孫女竟然是天涯門的弟子？天涯門的全稱應該是血海天涯門，那是一個劍修門派，口碑杠杠的，就是門檻太高。

跑。

葉御化作火人衝入邪靈隊伍中，看到葉御身上的烈焰，兩個邪靈竟然轉身就跑。

被嚇跑了？這哪行？葉御的五指迸發出熾烈的光線，一個個邪靈被葉御的鷹爪手打倒在地，想逃？葉御直接錨定長行，出現在跑得最遠的邪靈背後，五指如鷹爪扣住這個邪靈的頭顱，熾烈的火系真氣催動，邪靈化做了一顆明顯更大的灰色珠子。

屠之問眼睛放光說道：「妥妥的仙靈根啊，否則豈能如此妖孽？」

石青靈咬著嘴唇，如果宗門知道葉御是火系的仙靈根，會不會招攬葉御成為蒼龍宗的弟子？散修日子太難了。

十幾個邪靈一個也沒逃走，化作了十三顆灰色珠子，在長廊巡察，葉御弄到了九顆，現在已經是二十二顆。

長廊弄到的珠子明顯不如這些邪靈遺留的珠子大，也不如這些珠子的顏色深，邪靈在建築群中，能夠得到成長的機會？屠之問湊過來說道：「能持續作戰，膽子就放大一些，我自保的能力不錯，會與青靈姑娘相互照應。」

屠之問是煉氣巔峰，他說會與石青靈相互關照是給石青靈面子，畢竟石青靈還只是煉氣十一樓，境界不如，經驗肯定也不如屠之問。

葉御說道：「還是穩紮穩打，我帶了四個儲物袋的食物和飲水，只要不餓，我就能持續作戰。」

肝臟的熾烈氣息是靈火，這讓葉御茅塞頓開，這也就解釋了為何肝臟會源源不斷提供力量，讓葉御能夠不借助靈地修行，也不需要靈石來補充靈氣。

只要不是過度消耗，肝臟的靈火會持續不斷提供火系靈氣，讓葉御擁有不停歇的戰鬥能力，當然這個秘密就沒必要暴露出來了。

黑暗中，一個緊閉的房門中，那兩個逃入這裡的修士趴在窗戶縫向外張望，看到了一個全身燃燒烈焰的火人與一個個邪靈搏鬥，他們兩個汗流浹背。

這是路上遇到的屠之問那個小隊伍吧？帶著斗笠的少年應該就是斬殺青狼一夥人的玉散人。

這兩個人緊張盯著外面，如果玉散人滅殺了這些邪靈，他們就可以趁機搜尋這裡的建築，從而得到屬於自己的寶物和機緣。

左側的男子說道：「你娘的，別拍我肩膀，人嚇人會嚇死人。」

右側男子說道：「你有病吧，我的手在這……」

這兩個人艱難轉頭，就看到一個臉孔很清晰的邪靈站在他們身後，雙手各自按著一個人的肩膀。

淒厲絕望的慘叫聲爆發，葉御一爪抓碎了一個邪靈的頭顱，來不及撿起地上的灰色珠子，錨定長行出現在發出慘叫的房間門口，葉御一腳踹開房門，就看到一個邪靈鬆開了變成乾屍的兩個男子。

葉御再次錨定長行，雙手成爪抓住邪靈的胳膊一個過背摔，邪靈還沉浸在吞噬了血氣魂魄進化的陶醉感，就結結實實仰面朝天躺在地上。

葉御右手五指貫穿邪靈的面門，邪靈發出尖利的嚎叫，葉御覺得腦海炸裂般的痛苦，邪靈趁機化作煙霧竄到房間角落。

葉御狂怒，害人的邪靈還想逃竄？葉御全身火焰迸發，火焰刀凌空飛出，把衝到牆角的邪靈斬為兩截。

斷為兩截的邪靈試圖湊在一起，葉御雙手分別抓著邪靈的上半身和下半身，火系真氣催動，邪靈嚎叫著崩潰，一顆黑色的珠子凝結出來。

錨定長行不能經常施展，耗費的真氣太多，葉御需要的是持續作戰，屠之問的提醒，讓葉御明白了在這種危險的環境持續作戰的重要性。

葉御走出來，屠之問和石青靈各自握著長劍警惕背對背，那些被葉御打散的邪靈已經逃走，地上留下了三顆灰色珠子。

葉御撿起珠子說道：「方才逃走的兩個修士被邪靈殺了，變成了乾屍。」

屠之問說道：「殺了修士的邪靈留下的珠子，有什麼異常？」

葉御伸手，那顆黑色珠子出現在掌心說道：「是黑色，我們在長廊的時候殺死了那三個修士的邪靈留下的珠子個體稍大，顏色微重。這個邪靈留下的珠子是黑色，不可能是因為殺了兩個修士，而是這裡的邪靈明顯更強大，或許這裡有邪靈成長的特殊資源。」

屠之問說道：「那就去尋找，多繳獲一顆珠子，少一個邪靈。而且邪靈成長的地方有可能就是寶地，繼續。」

第十章 百兵訣

能發出嚎叫聲的邪靈，聲音讓葉御腦海劇痛，顯然這不是普通的邪靈。

葉御一邊講述凝結出黑色珠子的邪靈有多危險，一邊帶頭向前緩緩前進。

邪靈怕火，準確地說應該是怕葉御體內的靈火，否則闕月門和大正門的火系修士也能克制邪靈，能夠敞開上古洞府讓散修和小宗門與世家的修士進來，足以說明尋常的火系道法沒辦法對抗邪靈。

葉御眼神冷厲，沉重而緩慢的腳步聲中，葉御審視的目光尋覓著有可能出現的邪靈。

那個留下黑色珠子的邪靈發出的哀嚎聲，或許就是一種警示，接下來葉御硬是沒看到新的邪靈出現。

這樣才危險，零散的邪靈不可怕，就怕聚堆，若是邪靈集群出現，葉御能保護自己，卻無暇分心保護屠之問和石青靈。

屠之問看著幽暗的建築群說道：「如果發生危險，我與青靈姑娘會先逃走，免得成為你的累贅。」

葉御說道：「老前輩考慮周到，我一直在擔心遭遇邪靈的圍攻，那個邪靈發出叫聲，有可能是邪靈之間的聯絡方式。十個八個的邪靈我不怕，太多了不行，沒辦法保護你們。」

石青靈說道：「房門對邪靈有阻擋的效果，我和屠老找一個僻靜的安全房間躲避，你確定沒有邪靈我們再過去。我們經過的長廊，絕大部分房間打開，或許是闕月門與大正門的修士打開，從而放出了邪靈，他們肯定遭遇了滅頂之災，只是我沒看到屍首。」

屠之問說道：「有可能房門原本就沒關閉，因此邪靈可以出入自如，至於為何沒有留下屍首，這才可怕。闕月門和大正門的修士不可能沒發現長廊的入口，沒有留下屍首，要麼是他們的同伴帶走了，要麼是被邪靈帶走了，因此長廊沒有留下屍體。」

葉御轉向，走向了右前方的一間曾經的店鋪說道：「前面有邪靈的蹤跡，你們在這幢房子躲避，等我搞定了邪靈喊你們出來。」

店鋪的門窗被木板封住了，應該是店鋪的人自己封閉，石青靈用長劍插入門縫跳開了門閂，房門可以打開了。

石青靈說道：「小玉，你也進來休息一下，高強度的戰鬥很容易倒是疲憊，讓邪靈弄傷了你就危險了。」

葉御跟著走進店鋪，裡面有櫃檯，櫃檯裡面擺放著綾羅綢緞，當屠之問的長劍挑過去，這些曾經很昂貴的絲綢化作了灰燼。

年代太久遠，除了極少數的寶物，絕大部分物品化作了塵埃，石青靈重新把房門拴上，暫時有了休息的地方。

葉御打開儲物袋，取出乾糧和水囊，屠之問和石青靈也攜帶了食物，他們填飽肚子，葉御才走向店鋪後面的房間。

葉御的腳步停下，看到了後面的臥室中有幾堆白骨，然後還看到了對面的牆壁被挖出來的窟窿。

屠之問點亮油燈蹲下來檢查半天說道：「是從裡面向外挖洞，或許是希望從這裡逃出去。」

石青靈說道：「有禽類骨頭的殘渣，或許他們發現了災難降臨，卻沒有足夠的食物，然後想辦法從這裡挖洞，試圖逃出生天。」

葉御說道：「當年這裡到底發生了什麼？突如其來的滅頂之災？」

屠之問說道：「沒有什麼脈絡可以追查，一路走來，我發現建築完好，只是活人變成了邪靈。如果這個建築群裡面的人全部變成了邪靈，那就可怕了，不敢想像的恐怖數量，至少也有數十萬之多。」

葉御說道：「我從這裡鑽出去看看，你們儘量不要發出聲音。」

葉御礦工出身，挖洞鑽洞的手藝嫻熟，葉御狸貓一樣從後面牆壁的破洞鑽出去，屠之問迅速用一塊木板擋住了窟窿。

後面是一條小巷子，葉御審慎打量周圍的環境，快速向著前方移動，沒有想像中的寶物，只有可能集群的邪靈，葉御覺得真沒意思。

長廊近乎圓形，把裡面的建築群圍起來，葉御也不明白這是什麼建築風格，他向著建築群最中央的方向走去，當他來到了一個八卦形的廣場，葉御的眸子收縮。

一個個灰色影子聚集在八卦陣上，至少也有數千個之多，這個數量恐怖啊，殺不完，根本殺不完。

葉御在黑暗中窺視著邪靈，琢磨是否應該回去，與屠之問和石青靈一起探索附近的建築。

當八卦陣的兌卦綻放出光芒，葉御的身體繃緊，光芒波及到的邪靈消散，一個穿著道袍，手持長劍的邪靈從兌卦中凝結出來。

手持長劍的邪靈發出尖銳的嘯聲，邪靈如同洪水坍塌，向著遠方衝去，這是一個能夠發號施令的邪靈，這是邪靈的頭目，有了頭目指揮的邪靈，這就不是一盤散沙，更具有威脅了。

葉御在黑暗中緩緩移動，距離有些遠，錨定長行沒辦法直接衝到邪靈頭目的附近。

葉御覺得自己行蹤詭秘，只是手持長劍的邪靈頭目吸了吸鼻子，疑惑地向著葉御的方向走來。

察覺到自己了，葉御身體繃緊，也不知道邪靈頭目能不能對抗自己的靈火，如果搞不定，那就慘了。

葉御向前，邪靈頭目也在前進，隨著距離接近，邪靈頭目仰頭即將發出嘯聲讓邪靈大軍返回來。葉御直接一記錨定長行出現在邪靈頭目的面前，斧刃燃燒烈焰的短柄斧結結實實劈在邪靈頭目的喉嚨上。

邪靈頭目的嘯聲化作了噴氣的聲音，頭顱沒有被砍下來，邪靈頭目的身體比想像中堅固得多。

葉御一招得手，左手五指成爪，直接扣住了邪靈頭目揮劍劈下來的手臂，短柄斧對著邪靈頭目瘋狂劈下去，邪靈頭目的腦袋正在努力癒合，身上就迅速出現了十幾道傷口。

支離破碎的傷口讓邪靈頭目的身體出現了坍塌的跡象，葉御抓住邪靈頭目握劍的手臂向後扭，邪靈頭目腦袋向下彎曲，短柄斧對著邪靈頭目的腦袋急驟斬落。

邪靈頭目喉嚨中發出了含糊不清的吼叫，然後身體坍塌化作了一顆黑色的珠子。

葉御來不及仔細檢查，直接把黑色珠子塞入腰帶中，旋即向著八卦陣衝去，邪靈頭目好像是隨著光芒出現，而不是在邪靈中誕生。

八卦陣有秘密，葉御衝到八卦陣附近，看到八卦陣上有乾坎艮兌巽離震坤，八卦的圖案是印刻在整塊巨石平面上。

方才是兌卦綻放光芒，此刻兌卦依然有殘存的光芒沒有消失，葉御眯著眼睛，八卦陣的中央刻著許多小字，如果不是葉御的眼力特殊，根本無法在黑暗中看到這篇名為《百兵訣》的秘法。

百兵訣？這是修行的秘法？遠方有邪靈返回，葉御不太在乎，沒有邪靈頭目指揮，少量的邪靈不堪一擊。

百兵訣字數不少，整個八卦陣的中央全是百兵訣的內容，有修行的秘法，還有劍訣、刀法、槍法……

葉御看得瞠目結舌，這是武學聖地？名為百兵訣，實則沒有那麼多，只有十二種兵器的使用技巧。

葉御隨手一斧子，把一個衝過來的邪靈劈碎，然後繼續盯著百兵訣努力記憶，學過十八路鷹爪手，學過破風刀法，葉御覺得百兵訣理解起來不難。

最重要的是秘法，葉御很清楚秘法才是關鍵，學會了秘法，才能理解後續的十二種武器使用方法。

邪靈頭目的隕落，似乎激怒了邪靈大軍，原本衝向遠方的邪靈們瘋狂衝回來，撲向了盯著百兵訣的葉御。

葉御來不及觀摩十二種武器的戰技，他奪路而逃向著遠方衝去，這麼多的邪靈，依靠人多的優勢就能撕碎葉御。

葉御跑得輕快，大不了施展錨定長行，只是不能回去，不能把邪靈大軍引到屠之問和石青靈那裡。

或許是擊殺邪靈頭目，導致葉御身上沾染了邪靈頭目的氣息，這群邪靈根本甩不下，葉御逃到哪裡他們追到哪裡。

葉御施展錨定長行，出現在一幢最高建築的頂部，一個個邪靈圍著這幢建築，似乎極為憤怒的樣子。

葉御躺在屋頂，捅了馬蜂窩啊，葉御從腰帶中翻出邪靈頭目留下的黑色珠子，這才發現這顆珠子裡面隱隱浮現出一柄小巧的長劍幻影。

這顆珠子出現，下面的邪靈更加狂躁，葉御呵呵笑了兩聲，有本事上來咬我，要不然別逼逼。

葉御把珠子重新塞回腰帶，默默回憶著百兵訣的秘法，不是很難理解，葉御忽然愣住，再次把珠子拿出來。

使用長劍的邪靈頭目，變成黑色珠子後，邪靈頭目的長劍也不見了，這顆黑色珠子裡面則出現了一柄小小的長劍，那分明就是邪靈頭目使用的長劍。

這裡面有什麼淵源嗎？莫非是邪靈頭目也修煉過百兵訣，而且學會的戰技就是劍法？

葉御摩挲著黑色珠子，並不是冰冷的感覺，而是有些溫熱，葉御試探著把自己的火系真氣灌注到黑色珠子中，一個女子的哀嚎聲響起。

葉御險些把珠子丟出去，擊殺邪靈頭目的時候，葉御根本沒有仔細看，現在回想起來，邪靈頭目好像真是一個女性。

變成了珠子也不是死亡？葉御大為驚奇，這就有意思了，葉御收回真氣，珠子中傳來喘息聲。

葉御輕聲說道：「喂，聽得到嗎？」

黑色珠子的小劍微微波動，葉御等待片刻，不回應？我聽到了妳的慘叫聲和喘息聲，現在和我裝死，這還能慣著？

熾烈的火系真氣再次注入到黑色珠子中，把建築圍得水泄不通的邪靈狂躁，他們甚至搭人梯準備爬上來。

黑色珠子中一個女子淒厲喊道：「繼續，但是請舒緩一些。」

能說話，我的天哪，這也太神奇了，葉御收回大部分真氣，只有微弱的一道火線燒灼。

女子聲音顫抖著說道：「就是這樣，保持我可以承受的幅度，能夠讓我恢復更多的記憶，卻不擔心被燒死。」

下一刻女子發出低嘯，躁動不安的邪靈安靜下來，只是數以千計的邪靈環繞，如果不是葉御有足夠的底氣，嚇也嚇死了。

黑色珠子逐漸變成了半透明的那種通透黑色，裡面的小劍越發清晰，葉御也不催促，這麼神奇的事情得冷靜思索一下。

邪靈怕靈火，因此靈火可以讓邪靈變成珠子，而黑色珠子被靈火燒灼，邪靈可以恢復記憶，弄懂了。

足足半個時辰過去，女子虛弱的聲音響起道：「恩主，我承受不住了。」

葉御收回真氣，女子說道：「迷惘了太久太久，幾乎徹底迷失自我，恩主掌握太初靈火，才能讓我恢復清明。大恩不言謝，請允許我自薦為奴婢，為恩主效力。」

葉御說道：「你知道我掌握的靈火名字？」

女子說道：「回恩主的話，太初靈火，這是木系靈火，傳說中太初靈火可以蘊藏在肝臟中。」

行家啊，屠之問說過天下有十二種靈火，葉御也不好意思多打聽，免得讓屠之問知道自己不是火系的仙靈根，而是掌握了一種靈火。

女子直接說出葉御掌握的是太初靈火，還鐵口直斷說出太初靈火就蘊藏在肝臟中，顯然她對靈火更加瞭解。

葉御說道：「我想知道你們為何變成邪靈？」

女子說道：「不清楚，當時天災降臨，奴婢是被恐怖的力量擊殺，不知道過了多久才渾渾噩噩醒來。因為奴婢曾經就生活在甕城，在這裡學習百兵訣而踏入修行之門，因此奴婢經常會回到這裡。」

「這一次有同伴發出求救的吼聲，奴婢通過八卦陣傳送過來，沒想到能夠有幸遇到恩主，這是奴婢天大的福氣。成為您所說的邪靈，奴婢只有本能，而沒有自己的意志，如果不是您使用太初靈火燒灼，奴婢依然會如同行屍走肉。」

葉御取出另一顆黑色珠子說道：「就是這個傢伙臨死前發出的叫聲，讓我頭痛欲裂，難道他也能被太初靈火燒得恢復意志？」

女子微微遲疑說道：「應該是如此，只是奴婢不確定他是否會感念恩主的恩情，願意為恩主效力。」

葉御聽懂了，女子恢復了記憶，她不想讓葉御喚醒其他的邪靈，她準備先佔據優勢地位。

葉御收起另一顆黑色珠子說道：「妳叫什麼名字？生前是什麼境界的修士？」

女子說道：「奴婢冷如意，隕落前只凝結出元嬰，如果不是天災降臨，奴婢正準備踏入化神期。」

葉御險些嚇一哆嗦，生前是元嬰老怪？而且即將踏入化神期的老怪？厲害了，葉御才是煉氣巔峰，對築基道人要尊稱前輩，對金丹真人需要仰望，更不要說元嬰老怪。

沒見過元嬰老怪，卻控制了一個元嬰老怪變成了邪靈，牛逼大了啊，葉御心潮澎湃。

冷如意說道：「恩主的太初靈火讓奴婢恢復了記憶，如果恩主允許奴婢效力，或許奴婢能夠為您做許多事情。」

葉御遲疑，元嬰老怪變成的邪靈頭目，妳願意效力，問題是我不放心啊。這要是讓冷如意恢復過來，不得先弄死自己？

冷如意說道：「淪落為邪靈，迷失了太久，奴婢再也不想面對那種日子。恩主有太初靈火，完全可以把奴婢躋身的珠子煉化，讓奴婢此次成為您最忠誠的鷹犬。」

葉御繼續遲疑，煉化？煉化了也不行啊，闕月門和大正門的人在上古洞府的大門口堵著，要上交七成收益呢，自己辛辛苦苦煉化冷如意躋身的黑色珠子到時候被迫上繳怎麼辦？

葉御說道：「我只是煉氣巔峰。」

冷如意果斷說道：「有奴婢的配合，這就不是問題。」

葉御說道：「我進來搜尋的寶物，出去之後要上繳七成，我擔心辛苦半天，為他人做嫁衣裳。」

冷如意沉默，原來問題出在這裡，冷如意試探著說道：「要不然奴婢融入您的斗笠中，斗笠材質不錯，或許可行。」

葉御大喜，融入天熾斗笠的話就太美好了，進入上古洞府的時候，天熾斗笠被登記在冊，出去的時候自然可以理直氣壯帶出去。

葉御摘下天熾斗笠說道：「如何做？」

冷如意說道：「把珠子放在斗笠內部的最中央位置，奴婢使用念力窺視一下。」

天熾斗笠倒置，黑色珠子落在了下凹的中心，冷如意的念力查看之後，驚喜說道：「添加了陽焰精金煉製的斗笠，不可能更理想了。恩主，如果您願意，奴婢可以在自己融入斗笠之後，幫您把更多的邪靈煉化到其中。」

冷如意有自己的算計，葉御只是煉氣期，顯然身家菲薄，冷如意這個曾經的元嬰真君佔據了斗笠的最核心處，之後就可以把更多邪靈變成的珠子煉化到其中，變成冷如意的部下。

第一個部下如果表現足夠忠誠，未來才能牢牢掌握恩主的心，這個機會不允許錯過。

在冷如意的指點下，葉御雙手托著天熾斗笠，熾烈的火系真氣湧入天熾斗笠，黑色珠子緩緩融化，融入到精密組合的天熾斗笠內部。

葉御最大的優勢就是肝臟的太初靈火，可以源源不斷給葉御提供火系靈氣，補充葉御的真氣消耗，冷如意也沒想過一次就成功，只是葉御的火系真氣雖然不夠強，卻連綿不絕，冷如意心中狂喜。擁有太初靈火的小恩主，底蘊足夠了，足以支撐一次就把黑色珠子融入斗笠中。

屠之問和石青靈越來越焦灼，葉御一去不歸，你到底遇到了什麼危機？如果真的打不過，你趕緊逃回來，我們不是你的拖累。

時間一點點流逝，屠之問和石青靈四目相對，真的忍不住了，這都十幾個時辰了，葉御依然沒有歸來。

屠之問看著明顯沒有休息好的石青靈說道：「出去看看？」

石青靈起身說道：「正有此意。」

石青靈和屠之問打開木板遮蔽的洞口，他們兩個也不知道葉御去了哪裡，當他們繞過小巷，就看到遠方有火光。

幽暗的上古洞府，哪怕再微弱的光芒也如此耀眼，屠之問和石青靈飛奔，當他們竄到一幢比較高的建築上，遠遠看到一幢建築的頂部，葉御雙手托著天熾斗笠迸發出烈焰。

在這耀眼的光芒照耀下，可以看到數以千計的灰色邪靈環繞，葉御落入了包圍，石青靈放出飛劍，說道：「前輩在此等候。」

屠之問說道：「丫頭，逞強了不是？我比妳境界還高一些，煉氣期巔峰二十幾年了，我能讓妳一個小丫頭獨自去救人？一起。」

屠之問和石青靈在建築頂部跳躍前進，沒有築基就無法御劍飛行，但是足夠支撐他們比武學中的輕功跳得更遠。

葉御聽到跳躍的聲音，他緩緩轉頭，看到遠方屠之問和石青靈向自己接近，葉御抬起右手擺動。

石青靈說道：「小玉不希望我們冒險，這不行。」

屠之問說道：「不對，他好像在煉製斗笠。」

石青靈將信將疑，葉御手中的天熾斗笠中，黑色珠子徹底融化，在天熾斗笠內部化做了一個長劍形狀的黑色花紋。

冷如意歡喜的聲音響起道：「初步成了，恩主可以使用天熾斗笠斬殺邪靈，奴婢可以趁機吞噬，但是不要攻擊這裡的邪靈，奴婢出身在這裡，算是我的故鄉。」

葉御說道：「吞噬邪靈？」

石青靈說道：「絕大部分邪靈已經徹底迷失自我，奴婢每一次離開，就是吞噬邪靈壯大自己。吞噬邪靈會讓自己強大，同時變得更加渾渾噩噩，有恩主的太初靈火，奴婢可以保持清醒。」

「這裡名為百兵營，奴婢從小出生在這裡，長大在這裡，最終築基後才被仙宗正式接納。」

葉御把天熾斗笠戴在頭上，輕聲說道：「不要暴露自己的存在，防一手。」

冷如意說道：「明白，您可以帶著兩個同伴踏入八卦陣，奴婢暗中開啟，讓您前往工字營，那裡才有您所需要的寶物。」

葉御竄起來，凌空踏步衝向八卦陣喝道：「隨我來。」

屠之問和石青靈在建築群的頂部狂奔，他們三個踏上八卦陣，原本在葉御附近包圍的邪靈們化作灰色怒潮狂奔過來。

屠之問說道：「走？」

葉御說道：「對，走。」

八卦陣的兌卦綻放出光芒，在邪靈們衝過來的時候，葉御他們直接傳送離開。

——待續

國家圖書館出版品預行編目(CIP)資料

御火成仙 / 左夜作. -- 初版.
-- 臺中市 : 飛燕文創事業有限公司, 2025.05-

冊；公分

ISBN 978-626-413-245-9(第1冊:平裝). --
ISBN 978-626-413-246-6(第2冊:平裝). --
ISBN 978-626-413-247-3(第3冊:平裝). --
ISBN 978-626-413-248-0(第4冊:平裝). --
ISBN 978-626-413-249-7(第5冊:平裝). --
ISBN 978-626-413-250-3(第6冊:平裝). --
ISBN 978-626-413-251-0(第7冊:平裝). --
ISBN 978-626-413-252-7(第8冊:平裝). --
ISBN 978-626-413-253-4(第9冊:平裝). --
ISBN 978-626-413-254-1(第10冊:平裝). --
ISBN 978-626-413-255-8(第11冊:平裝). --
ISBN 978-626-413-256-5(第12冊:平裝). --
ISBN 978-626-413-257-2(第13冊:平裝). --
ISBN 978-626-413-258-9(第14冊:平裝). --
ISBN 978-626-413-259-6(第15冊:平裝). --
ISBN 978-626-413-260-2(第16冊:平裝). --
ISBN 978-626-413-261-9(第17冊:平裝). --
ISBN 978-626-413-262-6(第18冊:平裝). --
ISBN 978-626-413-263-3(第19冊:平裝). --
ISBN 978-626-413-264-0(第20冊:平裝)

857.7　　114004735

御火成仙 02

出版日期：2025年06月初版
建議售價：新台幣190元
ISBN 978-626-413-246-6

作　　者：左夜
發 行 人：曾國誠
文字編輯：柳紅鴛
美術編輯：豆子、大明
製作/出版：飛燕文創事業有限公司
公司地址：台中市南區樹義路65號
聯絡電話：04-22638366
傳真電話：04-22629041
印 刷 所：燕京印刷廠有限公司
聯絡電話：04-22617293

各區經銷商

華中書報社	電話 02-23015389
旭昇圖書有限公司	電話 02-22451480
智豐圖書股份有限公司	電話 05-2333852
威信圖書有限公司	電話 07-3730079

網路連鎖書店

金石堂網路書店 電話：02-23649989
網址：http://www.kingstone.com.tw/

博客來網路書店 電話：02-26535588
網址：http://www.books.com.tw/

若您要購買書籍將金額郵政劃撥至22815249，戶名：曾國誠，
並將您的收據寫上購買內容傳真到04-22629041

若要購買本公司出版之其他書籍，可洽本公司各區經銷商，
或洽本公司發行部：04-22638366#11，或至各小說出租店、漫畫
便利屋、各大書局、金石堂網路書店、博客來網路書店訂購。
▶如有缺頁、破損，請寄回更換！

Fei-Yan
飛燕文創